After school…
課後
共學讓我不一樣
國小六年の
「共學」精華篇～
圖／文 江雅晴 呂沂芳 合著
自己
做料理
察
形蟲
打工換宿的
三合院
陪我環島的單車
U0044998

推薦序1

# 放手，以愛前行

教育乃百年大計，台灣教育政策從日治時期六年制國民教育，歷經九年國民義務教育、教改、實驗三法公布施行，十二年國教-108課綱的推行階段。其中實驗教育三法於民國103年公布施行後，各種非學校型態的實驗教育，如雨後春筍般遍地開花，蒙特梭利、開放教育、華德福……，樣樣精彩，卻讓人眼花撩亂，不知如何選擇？這個法案的推動，讓家長的教育選擇權有了依據，實踐多元、民主、創新、適性發展的教育意涵。

蘇Eg 2022.03

教育是成就人的希望工程，政策的鬆綁賦予更多辦學空間，無疑的也對想給下一代更好的教育品質的父母面臨更多挑戰，於是有選擇非典型實驗學校、有選擇在家自學、有的投入更多時間參加課後補習班、有的則以課後共學創造學習環境，優化學習，本文兩位小作家就是屬於後者，個人認爲不管選擇何種教育型態或制度，其中最關鍵的變因就是「人」的愛與陪伴！也就是說爲孩子選擇一套衆人稱讚的教育制度，把人放在這套制度下運作，如果沒有「人」的愛與陪伴，可能教育出來的是一個學習及產出高效能卻對環境及人際冷冰冰，情緒及同理心低能的人，這樣的例子屢見不鮮！

本書的其中一位小作家江雅晴，和她結緣是來文化國小服務的第二年，本人引進小提琴課後社團資源，以身作則自己也開始學習。當時爲了避免社區房價大跌，或因初學琴藝不精，引起家庭失和或失眠，總是早上7點以前就到辦公室練琴。有天早晨，正大眼對小眼聚精會神盯著琴譜，努力拉出不甚悅耳的音符時，背後傳出「哈囉！」一聲問候，轉頭發現有位可愛清秀的小女生趴在窗台上，一雙大眼睛骨碌碌地盯著我瞧，她就是江雅晴。當時她二年級，每天早上練琴時都有這位「窗邊的小豆豆」趴在窗台陪伴，放學時她會來辦公室說再見，桌上常常有她畫的充滿童趣的卡片，她告訴我放學後會參加一個課後共學的課程。

小女孩慢慢長大了，有一天她告訴我：「妹妹也要就讀文化國小了。」於是放學時變成姊妹倆來跟我道別，也逐漸知道她們課後共學的一些資訊。忘記什麼時候雅晴來找我說她要自籌旅費，因爲接下來要騎車去萬里，所以要賣蔥油餅，那天就大買大吃蔥油餅，一直到晚餐時間，肚子脹到什麼都吃不下！後來又來推銷包子和水餃，也是籌措旅費，當然繼續大力支持囉！冰箱冷凍庫都塞滿了小小推銷員自製的食品。說眞的，孩子的手藝雖然不佳，但是自籌旅費、自食其力的行動讓人感動，眞心支持不悔！有一天收到邀請函，這個課後共學班要開一日廚房，地點在淡水知名的紅樓餐廳二樓，孩子要下廚料理一餐給自己的父母及師長享用。當天因爲我也在同一餐廳宴請客人，所以只能前去致意，才知道組成這個課後共學的有好幾個家庭。在疫情未爆發前，雅晴有一天跑來問：「是否可以讓共學團師生來參觀校園和看羊咩咩？」因爲這個因緣我認識了帶他們的于老師，也得知其成立台灣麥子教育發展協會爲下一代的教育共同努力。

2022年1月放寒假前，小女孩在我辦公桌上放了一本手工裝訂的冊子，說她要出書了，希望我寫序，隔幾日又說她的媽咪有寫信給我，當時正是放假前最忙碌的時候，匆匆回了信就隨手把這本冊子放到公事包裡，這事就忘了！過年返鄉團聚，睡前總會看點書才就寢，手在背包裡探索，《課後》這本小冊子一躍而出，原本想說讀個2頁當作培養瞌睡蟲暖身，沒想到一翻開書頁，我就走進這個小女孩的世界，每一件在窗台、辦公室、走廊、操場……的事件，每一段對話突然在眼前眞實重演，躍然紙上、歷歷在目！終於完成腦海中破碎的拼圖，那天我放下這本冊子沉沉睡去已是清晨4點15分……，因爲回故鄉團圓，上市場採辦年貨、買菜，料理三餐及張羅團圓飯一直是我喜歡的工作，所以總在睡前才翻開書頁開始閱讀，花了三個深夜讀完看起來薄薄的，內容分量卻誠意十足的這本小冊子，看完之後覺得好累！老花度數加深100度，因爲一整天忙著採買、清理、料理、洗刷，等到睡前讀了《課後》，夢中竟然跟著這個課後班的師生和家長去淨灘、爲街友募款送便當、規劃旅行、到奇美部落、打工換食宿、騎腳踏車環島……，醒來竟然覺得更累，簡直是虛擬實境！

慶幸是在深夜獨自閱讀，因爲好幾次讀到師生間的對話，老師在每個課程後的反思，小女孩手帕交因爲摩擦心生怨懟，又因爲一起面對難關困境，攜手解決後領悟這是眞友情的情節。最感人的畫面是〈不一樣的旅行〉這一篇中以「晴」和「芳」兩個小女孩的視角描述父親和課後指導老師陪伴自己完成6天東部——淡水往返的旅程，過程中高低起伏的地形挑戰、第2天：致命壽卡（晴的角度）、第3天：腎上腺素（晴的角度），峰迴路轉的內心戲和獨白，像極了人生中起伏不絕的波濤，父親和老師陪騎然後再折返開保母車的過程！

於是我看見～

這種陪伴在孩子心中建立了堅定不移的珍貴價值～猶如在海洋中迷航的水手看見的那道光，您不必是耀眼如白晝的燈塔，但一定是那黑暗穹蒼裡那道微光！

於是我看見～

在家點燈守護這個信念，以支持取代擔心，將愛化成行動，忍住思念的淚水，以愛和禱告支持孩子騎到終點的母親～您不必是高聳入雲的險峻大山，但一定是將小湖泊輕輕擁抱，以愛徐徐滋潤青青草原的美麗丘陵。

於是我看見～

一天辛苦旅程的結束後，深夜獨自檢討的老師，反思如何設計讓孩子與人生相遇的課題，讓公民實踐成爲孩子靈魂和血液中的DNA。

於是我看見～

兩位一起共學六年，經歷了風風雨雨、猜忌、怨懟、羨慕，到攜手共創美好價值的手帕交友誼，祝福妳們是一輩子眞心互相支持的好朋友。

於是我彷彿看見～

每次出發前，父母老師和孩子牽手誠心爲旅程禱告祝福的動人畫面！

於是我彷彿看見～

故事在〈我要出書了〉兩位孩子結語和老師手札這裡結束，最後的情節讓我的乾眼症再次旱象解除，潤濕了雙眼。

孩子決定出書，費用是父母先墊支，孩子再打工籌錢慢慢償還。六年的時間，老師一路陪著完成孩子想要完成的，遇到挫折、失去信心時，以安慰、鼓勵和支持，帶著傷痕、噙著淚水一起通過終點～這就是老師點出「共學」的意義！我敢說這群孩子蒙受極大恩典，在往後的人生旅程也許不是學霸、企業領導人……，一般社會價值所謂功成名就者。但是我絕對相信這是一群在逆境中有盼望，危難中有扶持，凡事相信、凡事忍耐，心中充滿愛的公民實踐者，社會改革的關鍵！在充滿學霸組成的菁英政治的機關算盡、巧取豪奪的社會中，這有可能是一股清流或解方！

不是每個孩子都像《課後》兩位小寫手這麼幸運，有家長全心全力支持和老師的全程設計課程並陪伴完成，但是「愛與陪伴」絕絕對對是幸福家庭和健全人格發展的唯一處方箋！

新北市淡水文化國小校長

蘇穎群

推薦序2

# 孩子們持續人生功課的《課後》

某天下午，幼兒園的門鈴響起，門外站著已經畢業的沂芳、雅晴，後頭跟著小強老師。當時我心想著：「哇！共學的老師眞好，還載孩子回來幼兒園」，趕緊開門將三人迎進來。姊妹般的兩人熟門熟路的到各教室打招呼、串門子，園裡的大人開心著兩人的到訪，孩子們也好奇的看著兩位大姊姊。當知道沂芳、雅晴是騎著腳踏車從淡水出發到三芝，而非「被載」回來時，所有人只能不斷驚嘆，另一個想到就累的念頭是：單程十多公里還有回程要騎一次啊！

所有的驚嘆都不及於實際看到時的震撼與感動！沂芳、雅晴和小強老師當天在幼兒園放學前踏上回程，後來在淡金公路上與載著孩子們回家的娃娃車相遇。坐在娃娃車上的我從車窗看出去，沂芳、雅晴騎著腳踏車，後頭跟著小強老師，一側是夕陽和海，另一側是大馬路上往來不斷的汽機車，人和腳踏車看起來好小好小，但散發出的堅定能量，好大好大！那種堅定，是相信自己做得到、認分不嬉鬧的堅持態度。

該有多麼大的信任與勇氣，才能讓當時才小學中年級的沂芳、雅晴在車流量不少的淡金公路上往返二十多公里？記得在不久後遇到雅晴媽媽，與之分享我們對這兩位孩子（及其家長）的佩服時，雅晴媽媽反而先肯定幼兒園的教學，然後說：「因爲我們家長從幼兒園就開始練習讓心臟很強壯

了！」當下雖不禁有「老王賣瓜」的欣喜，但我知道，幼兒園僅是萌芽的開始，如何在與幼兒園相較更有課業進度壓力的義務教育中延續，那才是最困難的，因爲家長的願意繼續堅持、麥子教育老師們的耕耘，讓《課後》不僅只是學校課業的延續或放鬆，而是人生功課的不斷練習。

在閱讀兩個孩子純粹又直接的文字時，感受到的是孩子的「自己」，是自己的想法、自己的行動。部分似流水帳的內容記錄著當時事件，訝異孩子記憶的瑣碎，卻在瑣碎串起的畫面跟著身歷其中；描述開心快樂的文字是直白坦率的，這樣直白坦率的態度，更難得的是也能在書寫自己嫉妒、難過、討厭、生氣、懷疑、羨慕等情緒中表現出來。寫作會迫使人們進入比較反思的態度（Max van Manen，2004），兩個孩子都在書寫過程中，讓我看到反思後的成長，而六年來不同經驗的累積，給予孩子擁有多元價值觀的胸懷，像她們自己如詩般的文字「因爲有了大上坡，就會有大下坡，有小上坡，就有小下坡，而什麼都沒有，終究還是什麼都沒有。」這樣的坦然自若，讓我自嘆弗如。

孩子說：「共學就是老師和學生一起學習」，相信這當中的夥伴還有家長。不管是家長還是老師，在共學過程中，如何和孩子維持「社交距離」？讓「放手」不變「放縱」、給予孩子「自由」還能「自律」、讓孩子擁有「自我」還能「知分寸」，在拿捏上相信兩個孩子的家長及老師是深思熟慮的，這或許無法在孩子的文字中「直接」讀到，但光想像孩子文字中提及的每個活動，其「提供」需要有多少不在文字裡的事前經驗的建立及預備？在〈當自己的導遊〉的老師手札裡寫著：孩子想要自由，我們也帶著孩子學習如何使用自由，……（中略）……在孩子的規劃過程中才體驗到，原來要「自由」的規劃是這麼麻煩的事。簡單一句「帶著孩子學習」的當下，可能需要孩子先有在〈行動餐車〉、〈小女廚餐廳〉所練就的計劃能力，或是〈抹茶山〉、〈釣魚、釣蝦〉活動中對自己體力腦力的認識，或是〈淨灘〉、〈送便當〉中培養出對自然人文環境的同理情懷，才能成就「規劃旅行」的學習，也是事前大大小小經驗中能力建立後的考驗。這些，眞的只有周遭大人的「不怕麻煩」才做得到。

我們常說「陪伴孩子成長」，但我在孩子《課後》的文字背後，讀到不僅是「陪伴」更是「一起」，「共」是一起的，要和孩子一起從來都不是件簡單的事，兩個孩子的家長、麥子教育的老師做得如此踏實，孩子都記錄下來了。

馬偕學校財團法人馬偕醫護管理專科學校
附設新北市私立馬偕示範幼兒園園長
黃瑤珍

推薦序3

# 一粒麥子

回想起我的小學生活，那個沒有補習班林立，也沒有電腦手機的年代，物質條件雖不富裕，但卻能快樂學習。放學後，寫完功課，幫幫家務，就海闊天空了，和同學自製各樣玩具，看課外書，能夠安排自己的時間，能夠享受生活的樂趣！

反觀現在的小孩子，父母親大多上班，經濟生活雖不虞匱乏，但是精神生活卻是乏善可陳。每天從早到晚，從學校到安親班，從一間教室換到另一間教室，從教科書換到講義評量，寫不完的參考書與考卷，比不完的成績與獎狀，極少數的閒暇空檔，則用電視、電腦、手機、手遊、上網打電動遊戲來填補，四體不勤，五穀不分，如同溫室花朵，不覺寒暑，不堪風雨，這樣的學生生活，你滿意嗎？是你想要的嗎？

人生，像是一趟不斷學習的旅程，旅途中的高山低谷，春花秋月，甚至是一剎那的天光雲影，短時間的雪泥鴻爪，都有值得紀念回味之處。探索其中的奧祕與快樂，也絕非單單追求表象的成績高低，花費時間反覆練習測驗所能比擬的。正因如此，我們創立了台灣麥子教育發展協會，結合了許多對學校教育、親子教育、家庭教育有熱忱的人，一起努力耕耘，一起帶領我們的孩子，除了課業之外，更會運用學校的各種知識，落實在生活中，進而肯定自我，找到自己生命的價值，並且活出屬於自己的獨特的色彩！

在聖經中，有一節經文寫道：『一粒麥子，不落在地裡死了，仍舊是一粒，若是死了，就結出許多子粒來。』一粒小小的麥子，經過農夫的手栽下，灌溉培育，假以時日，會結出許多子粒來，收成之後，可以有各式各樣的運用製造，成爲人類不可或缺的糧食，這就是一粒麥子生命的價值與影響力！

每一個孩子，都像一粒麥子，必須在大自然中吸收陽光空氣及養分，才能發芽成長，衝破泥土層，昂然挺立天地之間；每一位老師也像一粒麥子，願意委身，奉獻熱情，透過各種規劃與活動，注入源頭活水，教導孩子們，從室內走向大自然，從封閉到心靈敞開，從被動到主動策劃，在各種陪伴與學習中，經歷全方面的成長與蛻變！

今年年初，我們規劃將歷次的活動，透過小孩子的筆調和老師簡短的回應來記錄，眞實地呈現出來，還有家長們的支持，將這些珍貴的紀錄，集結成《課後》這本書，雖然不是生花妙筆，也稱不上字字珠璣，但字字句句都是她們難忘的經歷，點點滴滴都是她們成長的軌跡，相信也是她們人生旅途中重要的里程碑．

但願，藉著這本《課後》的出版，也讓我們互相勉勵，願意成爲一粒麥子，種在土裡，脫殼萌芽，衝破泥土，結實纍纍；種在心裡，信念萌芽，迎接挑戰，充滿盼望！

社團法人台灣麥子教育發展協會 理事長
陳惠瑩

推薦序4

# 實現夢想的桃花源

沂芳，常常在路口互道「早安」的孩子，每天有媽媽陪伴上學幸福的孩子。而透過這本書讓我對沂芳更加認識，驚訝的是她的課後學習是如此的精實，頓時我更能理解爲何沂芳的笑容是靦腆、淡定，但眼睛卻散發出自信的光彩的緣由。

本書中所呈現共學的學習的策略是透過群體的合作及自我探索學習以解決問題的歷程，讓孩子在相互討論中找方法、實作中累積經驗、建立自我探索及成功的模式。學習的脈絡更是符應孩子由自己到他人、自己到社區、自己到社會的發展歷程，學習場域由教室、社區逐漸擴及至外縣市，貼切的陳述「讀萬卷書，不如行萬里路」的理念。而這些經歷及過程都將成爲孩子學習成長的沃土，爲日後自立紮下深厚的根基。

個人一直深信每個孩子都擁有獨特的天賦，而身爲教育人要以人文關懷的心，以愛爲出發點，看見孩子的差異、時時關懷學生、敏覺孩子的需求，成就每一個孩子的夢想，打造一個以愛實現夢想的桃花源。

《課後》，讓我看到教育桃花源的存在！

新北市淡水新市國小校長
陳佩芝

推薦序5

# 爲下一代教育努力

教育的目的，是在了解孩子個別差異，發現天賦潛能，透過適性發展教學的方法，培養未來在社會上生存的大能力。而大能力指的是適應各種情境的能力與解決各種問題的能力，也期待家長有一定的教養專業，除了懂孩子，還能夠自己寶貝自己來。這也是台灣適性發展促進會，自2000年以來長期推動的目標。

但現實生活上，雙薪家庭越來越多，許多父母都必須要同時工作拼經濟，雖然認同理念，但每天眞的沒有多的時間，用心在孩子身上。這實在是我們協會覺得很可惜的一件事。而孩子放學後，進入安親班，一位老師陪伴十幾位孩子，在教室內每天寫功課複習作業，這是孩子跟家長要的嗎？請家教，一對一教學，老師的鐘點費並不便宜，家長們負擔的起嗎？

如果有一個機構，可以同時滿足家長跟孩子的需求，每天放學後，進行一對四的能力團體互動與學科個別指導，這會不會是一件很棒的事情呢？台灣麥子教育發展協會的祕書長于國強老師，非常認同適性教育的理念，也清楚家長心有餘力不足的情況，於是啟動了課後共學的機制，自己本身也擔任第一線個別指導的老師，幾年來深受家長們的支持，孩子們的喜愛，凡用心走過必留下茁壯的痕跡，這些孩子的能力發展，著實讓人驚豔。

當別的小學生，每天在補習班補習國英數等學科時，麥子教育的小朋友，卻在小學畢業前，就出版了一本屬於自己的書。這本書的內容，讓我很有畫面，每一篇老師的手札，也更清楚的說明，每一個活動目的是什麼？孩子們可以學到什麼？這也是所謂的「做中學」，與其用說教的方式，還不如透過情境引導，讓孩子們有深刻的體悟，許多寶貴經驗值就能自然而然的轉換成能力。

很多事是急不得的，孩子的教育必須要慢慢來才能比較快！身爲家長，我們其實很清楚，孩子們從小快樂學習才能快樂成長。讓孩子唸書學習的目的是什麼？我們要給孩子什麼樣的未來？這眞的是每一位家長，要好好思考的課題！

恭喜幾位小朋友，遇到了瞭解與尊重妳的父母與老師。期待麥子教育協會，有更多的專業老師加入，一起爲教育而努力，輔導每位孩子都可以適性揚才，台灣有你們眞好！

社團法人台灣適性發展促進會秘書長

徐懷謙

推薦序6

# 台灣的教育、台灣的未來

非常推薦這本好書，作者們雖然年紀小，但書中描述課後共學的情景栩栩如生，每個章節的心路歷程，也很有感觸，寒暑假的大能力活動豐富又多元，年輕真的沒有留白。

2021年11月親子天下雜誌，內文中提出聯合國永續發展17項目標，配合教育部提出的108課綱素養教育，適才適所，如何讓孩子擁有地球村觀念，自主學習，快樂成長，是很重要的關鍵。可見SDG4教育品質代表未來發展的根本，唯有找到良師正確的引導，孩子們才有可能適性發展。

SDGs聯合國永續發展目標有17項，孩子是國家未來的主人翁，若能從小讓孩子們對這些議題，有一定的認知及關懷，寬廣的世界觀，不同的眼光及格局，絕對會對孩子未來在社會上的發展，更有幫助。

台灣麥子教育發展協會的老師群，就擁有此專業教學的特質，每天孩子放學後，老師們全心全意投入，了解每個孩子的差異，引導孩子們在愛的氛圍中，快樂的自主學習，感謝老師們的熱情執著。

台灣公益組織教育基金會，設立了獎學金申請平台，從小學到研究所，總共有10,264筆獎學金，也歡迎聯繫，免費申請。

台灣的教育，台灣的未來，我們一起攜手努力。

台灣公益組織教育基金會董事長

王振軒

學校老師的話1

# 拾回

每每和孩子分享自己的童年時光，只要一提到「抓蜻蜓、捕蝴蝶、撈蝌蚪……」，總會引來一陣驚嘆。

從孩子的眼神和回應裡，我了解，對於在都會區長大的他們，這只是「童年記趣」這類文章中的「短語練習」，是單屬於我的兒時回憶，是他們眼中的「天方夜譚」。

隨著年級增高，學科難度加增，沉重的書包不只帶來真實的重量，也代表無形的壓力。我常開玩笑地說：「我真慶幸，很久很久以前，我就把小學念完了。」

一直知道雅晴放學後會參加課後安親班，也隱約知道，她上的「安親班」不太一樣，直到讀了兩個女孩的書才明白，有一群「共學老師」，選擇陪伴孩子「過生活」，在種種體驗活動中看見機會、埋下種子、耐心澆灌、等候發芽，然後，和孩子一起慶賀成長與茁壯。

我深深佩服這群孩子的實踐精神與細膩的領悟力，更感動背後有一群如此支持她們的爸爸、媽媽。

一顆顆寬廣的心，允許孩子們自由栽種屬於自己的花園。

用力深吸園子裡飄來的「生氣蓬勃」，我開始覺得，在這個世代當小學生，也可以是一種幸福。

新北市淡水文化國小老師
楊玉薇

學校老師的話2

# 精彩的課後生活

「共學」是我在帶到沂芳後才接觸的新領域，原來有一群孩子們會在放學後不只是寫作業、完成評量，而是跟著老師的帶領下，接觸各種不同的活動、體驗，這簡直是每位學生心中的夢想吧！

平時，聽著沂芳分享跟著小夥伴們一同出遊的體驗，讓老師也很好奇到底「共學」都在做些什麼呢？感謝沂芳這次的邀請，老師才有機會看到，原來平時妳的課後活動有多麼精彩！不論是跟著社工一起做社會服務，跟家人一起來一趟親子單車之旅，或是深入臺灣各地體驗不同的生活、旅程，相信這些經歷都豐富了妳的視野，並培育出如此具有同理心和包容力的孩子，期待未來她們能保持熱愛生活中的點點滴滴！

新北市淡水新市國小老師
黃品荷

前言

# 過程才是蛻變的關鍵

當下課聲音響起，孩子們整理著書包，準備離開教室要去排路隊，在學校當中排長長路隊的不外乎就是安親班、補習班的路隊，現在生活已經鮮少單薪家庭來支撐整個家，雙薪家庭是常見的型態，而孩子的去處大多都是課後班、社團課、才藝教室、安親班、補習班，但是有一群家長想要跳脫這些框架，找到了一個方式，有沒有綜合的地方，可是卻不是讓課業掩埋童年生活、讓成果表現成爲小學生活目標的一個地方？課後共學就這樣誕生了！

記得在一次，我的學生和我分享，每次到了期中考、期末考的時候，隔壁桌同學總會桌上、書包裡面放滿考卷評量，孩子用手來比喻厚度，大約是整個頭的高度，孩子們百思不解的是，寫了這麼多的評量，分數怎麼和自己差不多呢？那寫這些考卷評量的意義是什麼呢？孩子笑笑的說，到現在，孩子們的課業雖然不能說是頂尖的高材生，但課業不落於人後，孩子們能夠學習照顧好自己的課業，自己照顧好課業成爲一個他們能夠來到這裡的票卷，分數，是孩子的人生選擇，而不是老師的籌碼。

有人問，爲什麼我們這群老師不將這些活動安插進去安親班、補習班裡面，去經營一間安親班、補習班多輕鬆，爲何要走一個「課後共學」這麼難走的路呢？我的想法是，我們希望將「過程」呈現出來成爲一個主角，讓「結果」成爲配角。

面對每一個精彩的活動、琳瑯滿目的文宣，我們習慣強調重點在於孩子最後得到了什麼，並且把這個結果放大再放大，面對這樣的方式，老師也在思考著「我們是不是爲了要得到好的結果而要求學生？」每一個活動過程中，孩子會呈現很多種感受，孩子可能喜歡這個活動，但也可能討厭這個活動，當孩子討厭活動的時候，如果我們選擇避開而沒有去安排，是否也讓孩子錯過了一些值得經歷的過程呢？

在後面文章裡孩子有寫到〈小女廚餐廳〉，在我們起步的時候，孩子們非常興奮的想做這件事情，因爲辦家家酒可以變成「眞」的，而且可以「賺到錢」來去「買自己想買的東西」，這是一個多麼令人心動的事情，每一個孩子聽到都很興奮地答應要做這個計畫。

而我們開始預備之後，過完第一個月，孩子們接著說要放棄了，因爲太累、太多事情、要記的事情好多、要面對的陌生人好多，每一個都是困難的，孩子想要的是這個計畫最後的成果「得到錢」，但不想要經歷這些「辛苦」的過程，我們在這當中，一邊預備開餐廳事宜也一邊鼓勵孩子和在過程中和她們對話，也一邊講著許多與人相處的價值觀，也讓她們做選擇，孩子們選擇是繼續往前走，但她們想要邊做邊碎碎念，而我願意聽她們的心情，並且梳理她們的情緒。

最後，師長們看到她們的成果，有人覺得很棒、有人覺得還可以做得更好，但無論如何，孩子們的過程才是最寶貴的，因爲孩子們有「感受」，覺得賺錢不易、服務生很辛苦、廚師不容易、經營一家店眞的很難、以後要對服務你的人有禮貌……等等，這些都是孩子們眞實的感受跟體會，至於她們人生以後要不要開餐廳，不是我們目的，我們負責的是，帶她們遊歷許許多多的過程，並且與孩子「對話」，但這過程當中，我們也跟學生們呈現最眞實的樣子，我們也會有情緒、也有不會的地方，老師不是神，老師也在不斷學習的路上，所以在這過程當中，孩子也從老師當中學習，面對不會的事情，老師是如何從零學起，學生看見不再是一個「專家」的領域來應對學生，而是老師和學生一起面對未知，我們都在「學習」的過程，老師和學生也因此產生「共學」，而家長不再用「服務」的角度來看這樣的課後教育模式，因爲沒有一個人是頂級的專家，「共學」就是老師和孩子、家長一起學習的歷程啊！我們在有共識和安全感的前提下，一起經歷這樣的課後教育。

您會在這本書裡看到孩子們經歷的計畫和活動，是完全從她們的視角撰寫的一本書，很眞實、文字也很直白，顯出她們單純、直率的樣子，也是我們想呈現給讀者的，希望您在讀這本書的時候也能夠當一個孩子，與她們同遊她們的童年時光，您可能也會被她們的文字氛圍感染，也回味起自己的童年，希望您也能在其中感受到她們夢想的力量與生命力，讓我們一起「共遊」吧！

麥子教育 淡水隊

小強老師

# 目錄

## PART 2 勇於展翅



## PART 3 翱翔天際



## PART 4 爸媽心裡話

PART1
初試啼聲
forrest
river

# 1. 機械手臂開課

沂芳

這一天，我們是小學二年級的時候，我們教別人做機械手臂，爲了這一天，我們準備了好久好久，也已經把所有的材料都裝進材料包裡，抱著滿心的期待，準備出發。到了教機械手臂的教室後，我們還在忙著背台詞呢！怕他們以爲我們沒準備，因爲這是我們第一次教課，學生總數量高達54位，所以大家都非常緊張，而且覺得這個氣氛很恐怖，只聽見我的心跳聲越來越大，大到就像我的腳步聲，無法讓這個聲音變小，深怕自己講錯台詞，或忘記步驟。

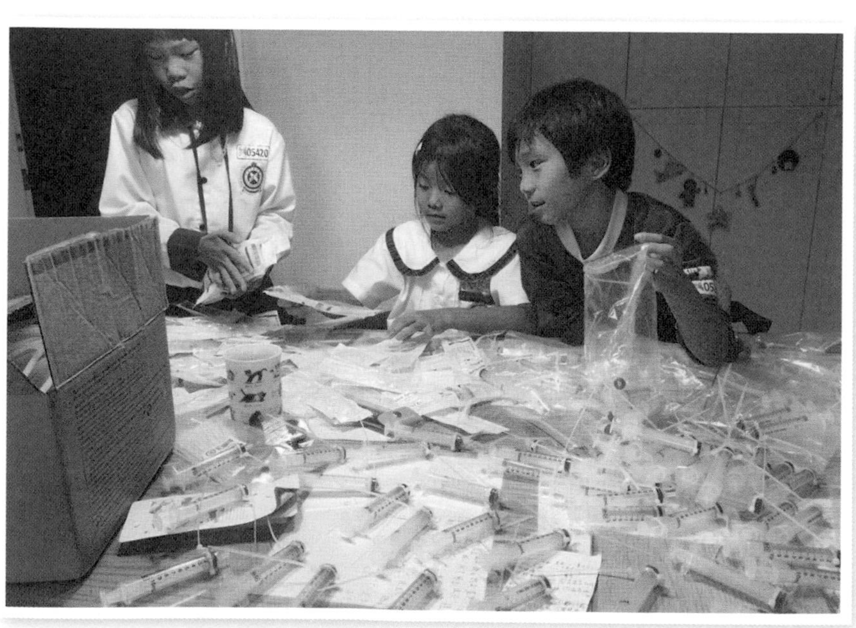

準備機械手臂的材料包

當所有人都到的時候，我才發現我們要教的人還眞多呀！眼睛看到的人數跟對數字的感覺眞的差很多，就在大家快要到齊之前，我狂念著：「拜託！拜託！你們不要來！這樣我就可以輕鬆一些了！拜託嘛……」然後，雅晴說：「別害怕，越快教完，就越快擺脫你緊張的感覺了！」而且我和阿KEN（共學的同學）也會一起陪你教課啊！三個人加起來的力量，已經足以壓過讓你緊張的成分了吧！」

當雅晴安慰著我撲通撲通的心跳，就像一股暖流流過全身得到安心，更像是馬桶疏通劑一樣，把我所有的煩惱、緊張都疏通了呢！因爲她解決了我那時所有的煩惱，我非常感謝她，而且我們的課也因此而變得更順利了，因爲一句話，改變了我們之後所發生的事。

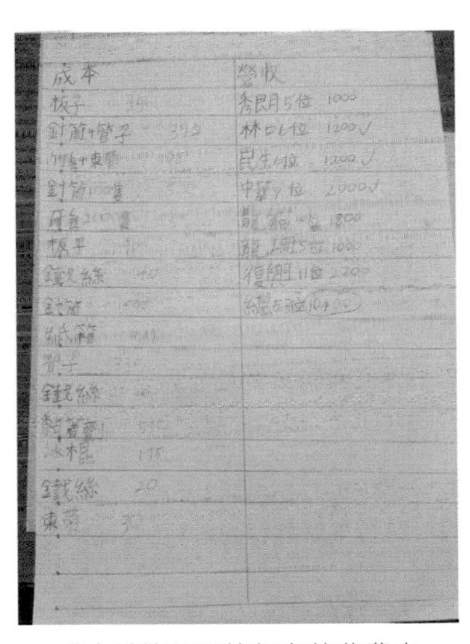

| 成本 | 營收 |
| --- | --- |
| 板子 [illegible] | 秀朗5位 1000 |
| 針筒+管子 [illegible] | 林口6位 1200✓ |
| [illegible] | 民生6位 1200✓ |
| 針筒100隻 | 中華7位 2000✓ |
| [illegible] | [illegible] 1800 |
| [illegible] | [illegible] |
| 鐵絲 [illegible] | 復興11位 2200 |
| [illegible] | 總5?位 [illegible] |
| 紙箱 [illegible] | |
| [illegible] | |
| 鐵絲 [illegible] | |
| [illegible] | |
| [illegible] 175 | |
| 鐵絲 20 | |
| 束帶 [illegible] | |

成本計算和預約報名的收費表

正式開始時，我們先每個人都發一包材料包，並且教他們要先拿什麼，然後要做什麼，這個接哪裡，那個要怎麼黏，最後要怎麼做……等步驟，他們還一直有問題，我明明就說這黏在那裡，他偏偏黏成這裡，我都想問是我的嘴巴有問題，還是他們的耳朵壞掉，我講的話是有沒有在聽啊？還是他們把我的話當耳邊風？我的白眼都要翻360度了啦！最好笑的是我們教到一半時，阿KEN就說他有點累，所以跑去一個小房間休息一下，待會再出來幫忙，換我們去休息。等到我們所有的人都教完了，我才發現他已經不見人影很久了，我就去那個小房間看他，結果真的在那裡睡，還叫不醒他，我就說：「你是在哈囉喔！睡覺就算了，還睡到我們都教完課了，而且流口水！到底是有多累啊！我都沒睡呢！我也沒喊累，你到底是怎樣啦？蛤！你有睡，我沒睡耶！」那時我還想說他是不是去上大號，一直都沒有看到他，結果竟然去睡覺，真的令我覺得莫名其妙，我們的教課有收費，因爲大部分的課程最後是我和雅晴分攤，所以他的薪水就被老師減少，差不多變成原本的三分之二，而多的就是我跟雅晴平分，我一聽到這句話覺得興奮無比，等不及回家跟媽媽和爸爸分享，而他則是還在狀況外，還一直問：「到底爲什麼我要被扣薪水？我的零用錢啊，那是我的啦！幹嘛偷我的零用錢，別走～等等我啊！」我就用有點欠揍的語氣說：「誰叫你不工作，還跑去睡覺，如果你有自己醒來，起碼可以還你我們拿走的一半，只不過你沒自己起來，我工作的時間比你多，薪水還一樣啊！那下次誰要做這樣的工作啊！可惜啊～可惜！」就因爲這件事情，他氣得差點跟我們打起來呢，還好當時有老師制止我們，不然可能讓幼稚的我們兩敗俱傷呢。

在我們坐公車回家時，他一路低著頭，不發一語，像個石雕一樣一動也不動，我跟雅晴則是聊天聊得哈哈笑，開心得很，那種有成就感的感覺真的很好，你會覺得很開心、很滿足、很美好，更何況是跟你的最好閨密一起完成的事，當然會更開心，我們聊到我們兩個都覺得累了，就變成在睡

覺，我還做了一個夢，我夢到長大我跟雅晴一起規劃了一趟旅行，並且去那裡遊玩，正當我在夢裡最開心的時候，突然被老師叫醒，我的美夢就被老師破壞了，眞可惡，都不讓我做完美夢再起床！我們因爲那天非常累，所以我一回家吃完飯就睡著了。

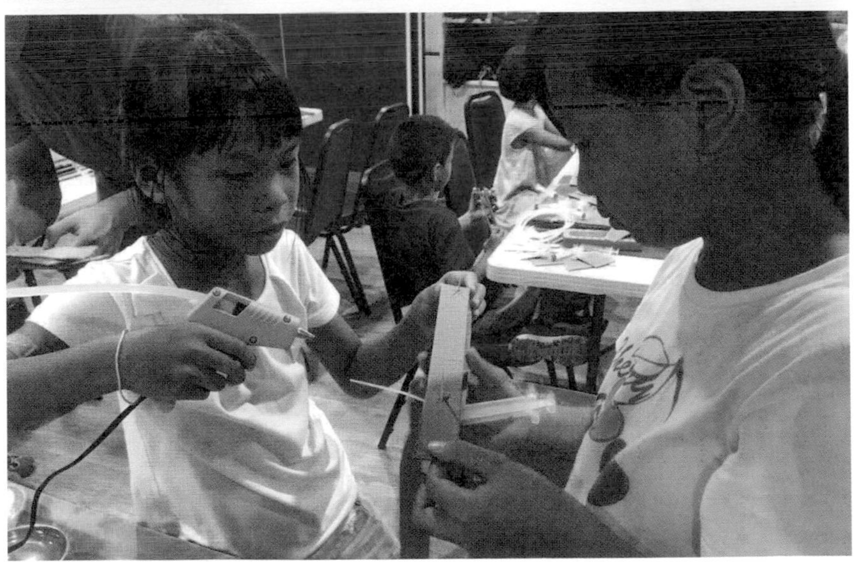

上：當天的場地和材料包就位
下：我們一個人負責教二桌的學生

## 老師手札

記得在一次放學接孩子的時候，孩子抱怨著說「老師眞的是一個很輕鬆的工作，只要不斷的一直罵人，然後念念念，再叫我們去寫作業就可以做完這份工作了，好簡單哦！」也因爲這個孩子的抱怨，讓我突發奇想的做了這件事情，讓孩子從頭體驗成爲老師的歷程。

我們放學後，就開始製作機械手臂的材料，因爲不是買外面的材料包，孩子們需要自己去畫設計圖、裁切設計圖、並且打包的數量要正確，但是孩子們也會擔心自己是否有打包正確，所以還有多預備數量，以防萬一當天製作的時候，有人的材料是不夠的。

我在旁邊看著三個孩子們應對一直找他們問問題的過程，孩子們很認眞回應其他小孩的製作過程問題，每一刻都不敢鬆懈。因爲學生人數過多，所以我們舉辦了兩場教學，兩場結束之後，孩子們整個累癱在椅子上，一個曾經抱怨老師很好當的孩子，當下第一句話是「原來老師眞的很不容易」！

從這一刻起，孩子們對老師多了一分尊敬，對工作多了一分瞭解，原來看起來容易的事情都是不容易的，孩子們有更深的體驗在當中。

# 2. 小女廚餐廳

雅晴

「我們大家決定要開餐廳了！」一開始，我們很有自信的這樣說，我們先從之前做的烘培點心中選出幾樣來做餐點，接著再把宣傳單做好，這些宣傳單都是我們自己設計的，最後我們討論出來決定要賣毛巾捲、可麗餅、甜甜圈、地瓜球和奶酪。

就這樣，我們拿了一張白紙，在上面寫餐廳名字，再把餐點寫上去，我們還給這些烘培點心取了新的名字，就像地瓜球，叫「彈跳地瓜球」，而奶酪因爲它的形狀，我們取名叫「完美的盆栽」，因爲上面有撒奧利奧（oreo餅乾）。取完這些華麗的名字後，接著就要拿去印了，不過這是我們第一次開餐廳，不是那麼知道該怎麼做，由於我們怕發不完，所以只印了五十張。

小女廚餐廳招牌

我們那時三年級，爲了開餐廳，我還害羞得跑到學校發傳單，快速發給全三年級的老師和校長就走了，因爲我有點害羞，我跟沂芳就心想：「這不是發傳單吧，根本就是『勇氣大挑戰』，老師眞的想讓我跟沂芳直接面對路人吧？」當時我們都替自己捏一把冷汗。我們去街上發也發給社區跟鄰居，在發傳單不耐煩時，心裡就回想起大人都叫我們小孩做事，自己則在旁邊看手機，每次都說是爲我們著想，每次都在旁邊看手機，我越想越生氣，他們都只會出一張嘴，都用同一句話叫我們做事，例如：我還要忙、不要跟我計較或我沒有空等等，想到就更生氣，但是我都會自己找方法讓自己冷靜下來。

回歸正題，我們發完傳單後，回到麥子教育淡水隊的基地練習，我們其實沒有那麼熟練，這些烘培點心我們也只有各做過一次，沂芳跟我強顏歡笑地做，想辦法團結合作，首先我們練習的是地瓜球，我幫忙沂芳做麵團，且一起把它分半、搓圓，合作無間，我們很快就做好了第一批地瓜球，接下來，是做我負責的可麗餅，沂芳幫我洗蘋果、切蘋果，我來做餅皮，做完各自後，沂芳幫忙在餅皮上塗奶油，我負責把蘋果放上去，且把餅皮合上，淋上巧克力醬，花上好長一段的時間終於做完了，我們各自回家睡覺後都覺得非常緊張，因爲這是我們第一次開餐廳，不知道會有哪些客人來餐廳。

隔天早上，我們先把材料準備好，我負責做蘋果可麗餅，沂芳負責做地瓜球，我們一起做奶酪。那天，我的校

長、老師、主任和好朋友都來了，真的讓我非常緊張，所以我就跑去找我在學校最好的朋友聊聊天，讓我自己不會那麼的緊張和害羞，正當她問我問題時，我準備要開口回答就被老師叫回去了，讓我害羞到很用力的在抓自己的圍裙。學校的老師們吃完後，就急著告別了，因爲，身爲學校老師還要回學校處理事情，當老師的眞忙。大家吃完，就陸陸續續的離開了，我們也結算我們的營業額，當時我們還請了一位小服務生，花了300元，我們自己則是拿了400多元，是一個很開心的數字，這是我們第一次賺這麼多的錢！

製作香噴噴的餐點中

等大家走後就露出我們的眞面目了，在客人面前我們像一個訓練有素的廚師，給人有好的印象，在自己人面前，我們則像軟趴趴的史萊姆，攤在能夠支撐我們的椅子上，因爲腳站得太瘦了，一整個下午都站著來服務大家，當我們在收拾場面上的東西，這時候老師問我們說：「妳們還想再開一次餐廳嗎？」聽到的時候心情很複雜，我們覺得實在是太難了，因爲有的餐點做的很失敗，有的焦焦的，甚至我們都被燙到了，這眞的是一個很大的挑戰，前面的備料之後，還要現場烹煮，眞的很不容易！

因爲餐廳的收尾，讓我們連收拾場面也可以玩得盡興，一個負責左邊、一個負責右邊，我們在那兒左左右右，驚喜欲狂。我們的圍裙被弄得髒兮兮的，因爲我非常愛聽歌，就選了一首歌來播。我們邊收東西邊聽音樂，隨著音樂的旋律和音調一下快，一下慢的，最後我們選了一首很快的歌，我們也跟著旋律速度快了起來，使得我們收拾的速度變得很快。我認爲這次的活動讓我深深體驗到商店和餐廳服務人員的辛苦，他們必須很溫柔，而且要忍耐顧客的不滿，要大方、專業和親切。做完這次，我眞的覺得好累，體會了在餐廳工作的辛苦，也確定了開餐廳應該不是我的夢想。

可麗餅製作中

一日小女廚餐廳完美落幕

## 老師手札

記得在一次孩子們玩扮家家酒的時候，看見他們自己假裝老闆、服務生和客人的時候，我靈感突然湧現，就問孩子們說：「如果把扮家家酒搬到外面跟路上的人一起玩如何呢？」孩子們完全沒有遲疑地說：「好。」但是大家都不知道怎麼做。

在這過程中，我們從嘗試做烘培開始，一點一滴嘗試都自己來，簡單的東西一直重複練習，熟記步驟，大家自己撰寫步驟稿子，同時間也要背熟自己製作過程，沒想到，孩子們做的過程當中，從陌生到熟練，真的非常有樣子，可是考驗著的是，孩子們在這過程中有沒有辦法堅持下去。

好幾次，孩子們預備到一半的時候，真的很想放棄，一方面是覺得很累，要一直在鍋子前面煮東西、煎東西，孩子們感受到的是很熱跟很累，時間一拉長以後，孩子們就會覺得沒有這麼好玩，但這樣的心情發生時，已經落在整個餐廳進度的一半了，非常尷尬的時間點，要放棄跟不放棄都很難抉擇。

我們老師坐下來跟孩子一起聊聊，放棄會有什麼優點跟缺點，我們能夠承受嗎？我們宣傳已經一半了，有人決定要來餐廳了，他們會不會覺得我們沒有信用？如果不放棄，我們有什麼好處跟壞處？一樣可以完成一個很有成就感的事情？可以賺到錢？但是也需要承擔一下很累的感覺。就這樣來來回回的討論，孩子們喜怒參半，最後的決定就是繼續把餐廳給完成。

當我們這一天眞眞實實完成餐廳的時候，大家眞的很開心！因爲這是一件不得了的事情，孩子們也不可置信，自己居然眞的開了一日餐廳，而且招呼不少的客人！

# 3. 行動餐車

沂芳

某天，老師突然說：「你們要不要拿你們做的作品和食物去賣錢啊？目的是爲了籌旅行的費用。」我們滿頭問號的問爲什麼突然要籌旅費，老師說：「你們不想去旅行嗎？」就算用腳趾想也知道一定要去啊！於是我們從那天起就開始實施這個籌旅費計畫。我們先將想做的料理大概寫下來，然後上網查要怎麼做、需要什麼材料和步驟，在看有沒有步驟太多或材料買不到的，確定好要做的食物後再去買材料，不然到時候連材料都買好才發現步驟太多不想做，那可就麻煩了。

討論過後，我們決定要做三仙丸子、餅乾、提拉米蘇、麻糬、可頌和大阪燒，但我們覺得餅乾是以前有做過的，也比較熟悉，所以就先賣餅乾，因爲是第一次出去和陌生人交易，所以就要先想好要講什麼台詞，不然到時候要買的人問我們時就會一問三不知，我們光台詞就背了好久，畢竟是第一次，難免會不知道賣東西時要注意什麼，於是在「賣東西前」這個部分花了很久的時間訓練要怎麼講，我們要賣什麼、我們是誰和我們賣東西的目的是什麼，並且可以完整、流暢的說一遍。

準備料理中

我們賣了很多種類的點心

一開始在我們還沒出門時，我們以爲很容易，只要順順的講完這些話就完成，而且就可以賣出東西賺到錢，但當我們眞的出門，老師問我們，準備好了嗎？我們才感覺到緊張，出門時，我們每個人都提著大包小包的走出去，因爲我們做了大約100片餅乾，反正多的就自己吃掉，頂多晚餐吃不下而已。到了商店門口，我們再次念了要講的台詞後，緊張的走了進去，我們結結巴巴的說：「阿姨……您……您好，我……我們是麥子……麥子教育……淡水隊，因爲我們……要自己籌……旅費，必須自己……賣東西、賺錢，一包50元，請問你要……買幾包？」我們心裡想：「耶！終於講完了！」沒想到那個阿姨居然問：「蛤？什麼一包幾元？」我勉強回50元，我們兩個低年級眼裡閃著眞誠，於是阿姨好心的說：「好啊！看你們那麼緊張的分上，就跟你買

吧！我要一包。」我們用非常感激的語氣說：「真的太謝謝您了，您是我們的第一位客人！謝謝！」，我們就這樣賣出了第一包，雖然也才一包而已，但我們還是很開心！

在這遼闊的老街上，我們一家一家的詢問、一家一家的抱持著賣完的希望，慢慢的，我們講台詞的時候不再那麼結結巴巴，而是更加的熟練，這就是俗話說的「熟能生巧」。最後我們終於知道賣東西的小祕方，那就是教小孩去賣（因爲通常大人看到小孩比較容易買你賣的東西），而且盡量是手工的。這樣店家就比較容易買你的商品，賺的錢也可以比較多，而且你的小孩會在你的教導下，變得獨立而且非常不怕生，遇到問題也會隨機應變，我就是在這些練習的過程中變得更加的獨立。

出發要去賣東西囉

當我們全部都賣完的時候，才眞正感覺到賺錢的辛苦與艱辛，也才比較能夠體會到爸媽們上班時的心情，想要賺到錢就得先有辛苦，不然就不可能賺到錢，這就是「先苦後甘」的意思。從那天我們賣完餅乾之後，我變得更加懂得花錢、用錢及存錢，也了解「爲什麼爸媽在我小時候都不買玩具給我」的原因，於是再也不會因爲「爸媽不買玩具給我」而生氣，就算我眞的生氣了，媽媽一定會說：「爲什麼花我的錢卻還要跟妳談條件？如果眞要談條件，那我每天給妳煮的早餐算什麼？」但是媽媽還是偶爾會買一些我想要的東西，所以我永遠都很愛她。

## 老師手札

透過這樣的活動，看見孩子從一開始非常害羞恐懼跟人的互動，到對陌生人可以侃侃而談的銷售，眞的是一個很棒的成長歷程，孩子們也在學習如何應對與人之間的互動。印象深刻的是，孩子們辛苦做完的烘培點心，沿街賣了四個小時才把東西全部賣完，這中間包括被拒絕、孩子們害怕講話、等待的時間等等，賣完這些點心之後，孩子們第一句話是「賺錢眞的很不容易」，自此之後，有孩子從小一定要挑百貨公司的最貴玩具，變成替父母省吃儉用，生活上到處替父母省開銷，孩子對於想要和需要更能夠辨認。

# 4. 戶外自然課

雅晴

自然活動前一天，我並不知道自己要上課，因爲是共學老師幫我們安排，我們是透過爸爸媽媽告訴我才知道的，我本來很不喜歡課外的自然課，但上久了我也已經慢慢習慣，也覺得上起來很好玩，在每次的課程中都會介紹不同的昆蟲、動物。

老師解釋蜘蛛如何分辨公母

我第一次的自然課是在某個公園上的，那個公園讓我很害怕，因爲我在聽老師講解規則時，看見手上的皮膚開始出現一個又一個小小的洞，而且是大量破洞，我很害怕，不會痛但是非常的癢，破洞後，都是紅色一點一點的，我當時以爲我生病了，讓我不禁問自然老師：「老師！爲什麼手上會出現一個一個的洞？」我害怕的說，老師說：「這是蚊子造成的，有一種蚊子牠非常的小隻，現在是夏天，在這公園中有很多隻，所以你才會癢。」老師的這句話讓我放心多了，但我還是有一點小害怕。

終於老師講完規則了，這次的課是要抓「蜘蛛」，我聽完也滿傻眼的，這是我第一次抓蜘蛛，抓蜘蛛的過程中，大家去了遊樂設施、廁所、樹的附近和椅子附近，我們搜集到的蜘蛛量很少，大概只有兩到三隻，後來老師說集合了，這時有一位大姊姊在樓梯間跌倒了，她的小腿刮了五大條傷痕，看起來超痛但她卻毫無表情，自然老師叫我和另外一個同學帶她去洗手台沖掉傷口上的血，當她在沖水的時候驚喜的事發生了，我們在廁所找到我們的第二隻蜘蛛，我們把牠抓起來，拿去給老師。

老師說：「現在要看大家搜集到的蜘蛛，這樣才能判斷有沒有抓到一樣的種類」，大家把蜘蛛裝進透明罐子，唯一就我們這組只有兩隻蜘蛛，結果大家抓到的蜘蛛只有二種，我們卻不怎麼在意，因爲我們太累了，從來沒有這麼認眞的找過這些昆蟲，第一次的自然課讓我感受到眞有趣！

觀察記錄獨角仙的樣子

製作幼蟲的窩



這次的蜘蛛課，讓我學到有些蜘蛛會分泌毒素，但不會對人類有反應，有些蜘蛛則十分溫柔，以前我第一次看見牠們時，我覺得所有蜘蛛都有毒也很可怕，但是經過自然老師的解說之後，我才知道牠們長得可怕、身上有著巨毒都是爲了保護自己，防止天敵攻擊自己，如果沒有這些特質，蜘蛛早就不存在了。以後我們遇到牠們時寧可躲得遠遠的，或拿東西把牠們送到草叢裡，也不要看見牠們就把牠們打得「五馬分屍」。

第二次的自然課，是去高爾夫球場附近的自然教室，這次要認識的昆蟲是鍬形蟲，其實我早就知道牠了，因爲我家裡本來就有養，但還是有一些我不了解的地方。老師拿出六盒已經裝土在裡面的鍬形蟲，一組一罐，老師帶的每一隻都不一樣，有的人拿到大隻的，有的人拿到小隻的；有的前面夾子很大（鍬形蟲前面的觸角），有的夾子很小，眞的很有趣！我這組拿到比較大的，我們這組的人都很認眞地觀察牠，就算牠在盒子裡面，也會有防禦敵人攻擊的動作，在眞的毫無還手之力時牠就會開啟裝死模式，讓其他動物以爲自己已經不好吃了，這麼一來就可以躲過一次攻擊，眞是跟人類一樣聰明，會懂得防守天敵。當我們的臉貼近盒子時，牠馬上就會把夾子張的大大的，讓我們覺得牠變得更加可愛了！

觀察完老師教我們「怎麼分辨牠是公的還是母的」，其實這個問題對我來說非常的簡單，只要夾子比較大的，就是公的，如果是夾子比較小的，就是母的。但是，老師卻拿出讓我問號滿滿的鍬形蟲，兩隻的體型大小竟然一樣，夾子也沒差多少，讓我完全無法分辨出來牠是公的還是母的。

因此，老師在那天給我們大家上了寶貴的一堂課，老師在結束後也跟我們講了一句非常重要的話：「以後看見自然生態的美，不要看到這些昆蟲就殺，要懂得仔細觀察，不要傷害自然界的動植物，否則，當我們需要牠們的時候，牠們卻已經因爲我們的荒唐而徹底消失了，所以要愛護自然界就必須大家一起努力才會有更美妙的世界」。老師在下課之前發給每組各一隻鍬形蟲養，然後各組就要討論給誰養，我們這組是我養，因爲我一定會把牠養得很好的，而且我家還有昆蟲箱和其他同伴呢！有了同伴，牠就不會無聊了，希望你們也可以和我們一起愛護自然界，讓自然界更加的美妙。

這次的鍬形蟲課讓我學到牠們的棲息地特色，牠需要較潮濕、要有可以藏身的環境，因爲牠在大自然中，需要閃躲

天敵的攻擊。也因爲這堂課讓我回家把昆蟲箱布置得更加的好，我多加一些木頭、多噴一些水，讓牠們有更舒適生活的空間！

住在木頭裡的幼蟲

## 老師手札

自然活動是很貼近我們生活的一環，因爲在生活中，無時無刻都是「自然」，透過這樣的活動也讓孩子們更貼近生活周遭的生物，在城市生活久了，常常對於一些小鄰居會有點害怕跟恐懼，不知道這些小鄰居會怎麼造成我們的傷害，以致於在家中如果遇到牠們，第一個反應通常都是「打死」，當孩子們去接觸蜘蛛後，對於蜘蛛就有更多的認識，原來蜘蛛看似可怕的生物，其實也有可愛的地方，反過來說，也許蜘蛛其實看到我們人類比較可怕，不用害怕昆蟲如何傷害我們。

透過一堂堂不斷探索生活周遭的自然活動，重點不是放在生物解說、步道解說而已，因爲知識是非常豐富的，不用特別記得每一個生物名稱，即使這一堂課記得，但是孩子們記住一堆跟自己生活中沒有產生關聯的東西，到下一次活動的時候，孩子們依然會忘記，儘管當下是一堂豐富又好玩的自然活動，但日後這就會成爲無意義的課程，因爲沒有任何東西留在孩子們的腦海裡面。

因此在安排活動上，我們目的不只是讓孩子感受到有趣、讓家長看見豐富，更重要的是這些活動對孩子有實質的意義與價値，讓我們給孩子們的知識與文化存留的更久，就需要與孩子的生活產生關聯，這一篇的文章孩子寫得非常詳細，其實距離這個活動，已經是一年前的事情了，可見，活動本身與生活的關聯性是非常重要的。

# 5. 賣水餃

雅晴

一年級時，我參加一個共學團，叫做「麥子教育」。它跟普通的安親班不一樣，每個寒暑假，我們都會自己規劃旅行，有些旅行是需要爸爸媽媽贊助，但是爸爸媽媽贊助我們的預算有限，所以在一次去台中的寒假旅遊，我們就自己想辦法籌旅費。我們想了很多方法，像是去街頭賣各樣東西……想到唯一只有冷凍水餃和饅頭可以保存比較久，而且製作比較簡單，討論到這邊，最後決定賣水餃和造型饅頭。

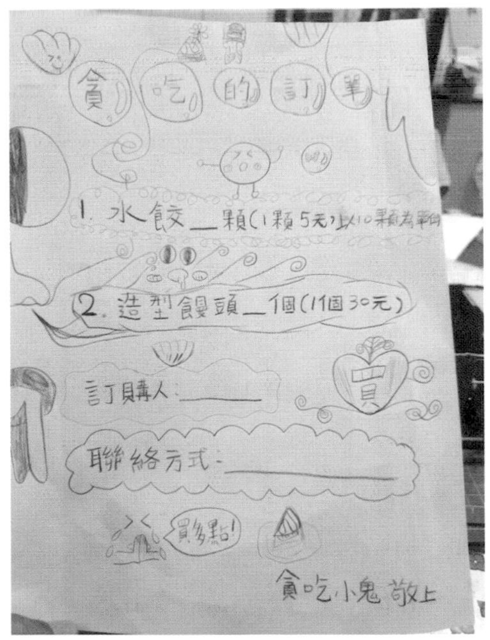


水餃訂單：2800顆
1.凡哥500顆
2.大熊200顆
3.廖媽200顆
4.欽龍300顆
5.素娟200顆
6.珮琇200顆
7.學聖100顆
8.雅萍200顆
9.小芬100顆
10.永生200顆
11.Apple100顆
12.亞民100顆
13.小麥100顆
14.泠君200顆
15.大立100顆

饅頭訂單：共150顆
1.芷瑩20顆
2.一心30顆
3.三姐30顆
4.學聖20顆
5.小芬20顆
6.Apple 30顆

～以上截單，感恩～

我們製作的產品訂單　　　總共接到2800顆水餃和150顆造型饅頭

我記得我們做最多的是水餃，我們三年級就開始為了籌旅費而有很多的創意，我們要規劃自己想玩的寒假旅遊，籌旅費就變成我們必須要做的事情。在賣水餃前，我就在想，水餃怎樣賣可以比較快，我想到我媽媽有很多朋友、有很多同事、有很多客戶，我們想到這樣找人接訂單是最快的方法，在出動之前，我們有事先做訂單表和宣傳單，我們馬上拿出彩色筆，開始信手塗鴉的畫，我們用二張白紙替代，畫完就要請老師去印，印完就可以拿去宣傳了。我們跑到學校跟老師和校長宣傳，還去了淡水老街以及我媽媽的公司。我們去網路上查低成本水餃怎麼做，我們再把材料買來，一邊播著影片，一邊動手做做看。

賣水餃時，我們做了大約3000顆，這當中我媽媽有幫我們宣傳，於是她同事知道後訂了非常多水餃，我們很開心，但是這個數量使我們每天都要趕工，做得手都要廢了，我們一開始非常想做水餃，因為我們認為做水餃很簡單，沒想到實際做起來，時間一拉長，完全感受到簡單的事情也會變得困難又辛苦，所以我們有時候會抱怨一下，不過回頭想這筆大訂單最終也幫助我們籌到旅費了，我們感覺又辛苦又開心。

活動結束後，回想這個過程，眞的很辛苦。我們包水餃的時候又愛又恨，很喜歡互相幫助的過程，眞心覺得我們包的水餃就是好吃，如果你在包水餃時抱著負面的心情，水餃吃起來就會是非常難吃的，因為你們沒有給它愛，沒有給它正面的影響，所以才會變得很難吃，你要在

食物中給它一些愛，爲它撒上愛的調味料，這樣你做的水餃，不管好不好看，用心最重要，就會變得很好吃。

我們沒有帶著水餃趴趴走，因爲我們有顧慮到一個原因，就是水餃如果沒有放在冰箱會壞掉。我認爲籌旅費很難，賣水餃也很難，難在籌旅費要做很多事，賣水餃需要不停地去做，無法休息，跟人推銷要想對方如何接受、製作造型饅頭手要巧，還要能夠做得可愛，但是如果一個人做一件事情遇到困難就後退，你就永遠不會進步，只要你勇於嘗試，你就會在世界上占有一席地位，這是我很深的體悟，努力總有好的成果。

半天下課都是我們趕工包水餃的時間

包裝水餃中，準備交貨

雲朵造型饅頭

在最後一刻我們終於賣完了，不過媽媽的同事還想再訂我們做的水餃，因爲眞的很好吃，說眞的我們很想做，但又不想做，因爲有錢可以賺，可是又要花很多的力氣，最後只好跟媽媽的同事說這活動已經結束了。我認爲這種經驗讓我們體驗先苦後甘的意義，大家都有自己的夢想，大家都不想放棄自己的夢想，人生會遇到許多的挫折、困難，但是，只要願意努力，人生就會變得多采多姿，可以過著恬淡的生活、輕鬆的生活或有安排的生活，不要因爲困難放棄接下來的人生，要讓生活豐富起來。

有些人因爲成績而放棄接下來的人生，就算活得很貧困、困難或窮困，你也有機會逆轉人生，只要改掉自己的壞習慣，讓自己脫胎換骨，你也可以改變生活。雖然只是爲了籌旅費，但是大家都吃得很滿意，這次旅費籌得很足夠，大家吃得開開心心的，我們全心全意的投入做水餃，還賣給了

鄰居。我們相信，他們可以感覺到我們身上最重要的兩股氣息：團隊合作與品味，相信我們品格與服務，小小年紀也可以有大大的作爲。

## 老師手札

我們生活在一個很富足的環境，父母更是爲了讓孩子得到更好的，願意付更多錢努力付出，但回頭想想，孩子們久了之後，常常感受到這些都是應該的，反而少給了，孩子們充滿的是抱怨，而不是感恩。

每次的旅行，其實都要付出一筆錢，孩子們覺得旅行很好玩、很開心，但父母是要付費的，讓孩子們從平常賣東西來感受，得到的每一塊錢都很珍貴，任意揮霍掉，其實眞的會令人心痛，因爲這不是天上掉下來的錢，是透過努力付出而得到的，這些話語相信許多父母都跟孩子們說過，可惜比較少體驗到，要等到大學打工才有辦法。

一次突發奇想，孩子們都想去自己要去的旅行，玩自己想要玩的，既然想要自己決定，那必須要有能力才有辦法自己決定，而孩子們在這過程當中，眞實感受並且參與決定的權利，從付出到得到，孩子們走過這些歷程，學到很多東西，知識面的不用說，很容易學到，最難的是內心價值觀的東西，而孩子們也完全感受到，這過程眞的很累！但老師也學習不出一張嘴，跟著孩子們一起做事，過程當中也是營造一個團隊的氛圍，沒有一個人能夠置身事外，我們一起面對，一起經歷挫折，最後結果是成功還是失敗並不是特別強調的，而是孩子口中所分享的內容，才是活動本身的意義。

# 6. 爲地球盡一份心力——淨灘

雅晴

這一天，大家一大早就起床了，大家迅速做完早上該做的事，爲的就是要去白沙灣「淨灘」。大家都知道我們人類對於地球的虐待嗎？理所當然，我猜大家都知道，我們人類在這塊土地上蓋了高樓大廈，摧毀了自然生態的美;我們爲了能吃飽，獵捕了許許多多的動物；我們覺得牠們身上的皮或肉可以拿去賣，就可以以此來賺錢，或感覺牠們會傷害我們，我們就把牠們消滅，人類發明了塑膠袋，原本的作用是可讓袋子重複利用，卻使得現在地球暖化，該冷不冷，該熱不熱。現在，我們人類過得非常舒適，但是那些自然界的生物呢？牠們必須要一直躲避人類的獵捕……你覺得，牠們過得好嗎？現在地球暖化，有些動物已經瀕臨絕種，甚至「已經」絕種，我們人類做得太過火了，應該爲地球做一點什麼……不然哪天世界末日，天塌了、地裂了，誰也都無法活下去，因此，我們應該要懂得環保愛地球。

想跟大家分享我們那一年淨灘的日子，大家都覺得淨灘很累，五分鐘也才撿那麼一點點，可是這次的淨灘不一樣，我們要去的白沙灣垃圾特別多，因爲它是放假的熱門景點，我們小孩這次目標是清理旁邊的石頭區。

分組後拿垃圾袋，準備去淨灘

我們開了一段時間的車，終於來到了白沙灣，我們本來很不想淨灘，而來到這個單位叫北極熊之家，他們說取這個名字是因爲地球暖化，使得冰山融化、溫度升高，造成北極熊的家都垮了！聽到這裡讓我有動力爲地球出一份力，他們的專長是執行淨灘活動，淨灘可以減少地球暖化的機率，所以才叫北極熊之家。

我們到北極熊之家時，他們很熱烈的歡迎我們，那裡有咖啡廳可以休息，他們買了三瓶大瓶的運動飲料，因爲要淨灘三個小時以上，必須要多補充水分，才可以避免中暑。我們聽完工作人員的解說之後，他帶我們去要淨灘的地方，我們分成三組比賽，看哪一組收集的垃圾最多，大家聽完規則後，立刻跑去撿垃圾，我們這組撿到了拖鞋、布鞋、大量的塑膠袋、酒瓶、塑膠罐、鋁箔罐等等，眞的非常多垃圾。不到十公尺的地方就出現了這麼多垃圾，就代表地球暖化的速度很快，我們是四個人一組，一人拿垃圾袋，其他三人拿夾子夾垃圾。其他組還有撿到浮標和一堆奇奇怪怪的垃圾。過了一小時，我們一點也不累，因爲我們都樂在其中，邊撿邊玩，每撿一個垃圾，我們就覺得躍躍欲試，並對於今天的比賽充滿希望。

又過了幾分鐘，老師叫我們去補充一下水分，雖然我們不會累，但是我們會熱，眞的非常熱，熱到瘋狂灌水，喝完水我們繼續撿垃圾。因爲那是海邊的大石頭，石頭跟石頭中間都會有小縫隙，那小小縫隙卻可以塞滿很多的垃圾，有些人會同心協力，一起將拔不出來的垃圾拔出來，我們必須彼此協助，才能撿到縫隙中的垃圾，結果，縫隙中的垃圾竟然是個超大的魚網！我們很好奇爲什麼這麼高的地方會有魚網，剛好有位附近捕魚的漁夫經過，他說：「因爲海水漲潮時那些船上的人把漁網丟掉後，就會飄到這裡來」我們才知道這麼多垃圾的原因。

我們在石縫中找到很多垃圾

我們已經不管天氣熱還不熱了，我們全心全意地投入淨灘活動。三個小時終於到了，大家要回去看看每一組收集到的垃圾量有多少，我們這組爲了贏過別組，又再撿了一下垃圾。我們是第三組，第一組撿到一袋半的垃圾，第二組撿到二袋的垃圾，我們這組撿到整整三袋的垃圾，不愧是我們第三組的三，三袋的三、幸運的三、三三三變山山山，堆得像山一樣高。

大家撿完垃圾，休息完後，大家便在附近的空地玩起紅綠燈，有些人則在旁邊欣賞海景，還有些人已經下去玩水了，他們脫鞋子、襪子和捲褲子就下去了，而我跟沂芳爲了方便，所以在石頭上走走，因爲如果腳濕了，你還要等腳乾才能穿襪子和鞋子，但是腳乾了也不容易，因爲不是完完全

淨灘完終於可以休息一下



全的乾，所以穿起來會更不舒服。我跟沂芳在石頭上爬來爬去，就跟兩隻小猴子一樣，但是後來低年級覺得我們的半靜態活動很好玩，便也跟著加進來了，他們反而比我們厲害，他們不僅是小猴子，還是很頑皮、靈活的小猴子，玩的時間結束了，我跟沂芳在旁邊聊天，因爲我們在等低年級腳乾才能穿鞋子。

我認爲，我們撿的這些垃圾對地球的幫助只不過只有那麼一丁點而已，因爲我們撿的只是台灣本島的垃圾，我們連台灣的垃圾都撿不完，怎麼可能撿國外或外海的垃圾呢？！所以，我希望看完這篇文章的人也可以爲地球盡一份心力。

## 老師手札

帶孩子們身體力行，參與各樣的議題是一個很不錯的學習歷程，撿垃圾這件事情其實我們不只是淨灘，孩子們也去對自己住家附近「淨街」，孩子們會很好奇，爲什麼我們需要做這件事情？有清潔隊會處理啊！

我們帶著孩子走進每一個環節，學習讓孩子去眞實感受到自己與環境的連結，垃圾髒亂的地方你會喜歡嗎？孩子們從這些過程中，慢慢從自我中心延伸出去，想到自己與環境的連結是什麼，再慢慢的，孩子們也體會到環境的議題，結合知識與感受，印象滿深刻的是，孩子們處理完垃圾之後，第一句話「哇！我從來都不知道原來我家附近這麼髒亂，太可怕了」自此，孩子們自己就能夠好好面對垃圾的問題，讓自己少製造一點垃圾，多一點替他人著想。

# 7. 釣蝦

沂芳

又到了同一個釣場，這個釣場我們已經去三次了，都快跟老闆變朋友了。

今天我、雅晴跟另一位低年級的同一組，上一次我們是來釣魚，其他組都釣到很多魚，而我們只釣三隻而已，我們就很生氣地一直對別人有酸葡萄的心態，嘴巴非常酸，這次我們學會了，我們這組釣蝦前就講今天釣蝦不管釣到多少，都不要因爲沮喪而怪或是氣別人，因爲有這樣的心態預備，我們當天過得特別開心。

這是我們第一次釣蝦

製作「蝦蝦豬肝肉」

一開始，我們期待著今天的收穫，我們因爲有些無聊，所以開始聊天起來，我心想著：「今天一定可以釣到很多隻蝦的，不會像上次那樣只釣到幾隻而已。」我們在等待的過程，我們努力地想著到底要用什麼方法才可以釣到比較多蝦，我們一共想了三種方式：1.製作「蝦蝦豬肝肉」（蝦餌有櫻花蝦&豬肝）2.完全不要理牠們3.全神貫注地看著浮標（如果浮標往下，就代表有蝦上鉤）我們選擇第一個方式，結果還是沒上鉤，接著就試試看第二種，但在測試第二種的時候發現這樣會錯過很多上鉤的機會，而第三個方法又很累，因爲不可能全神貫注兩個小時，所以我突發奇想，我說：「那不然我們同時進行三種方式」我一說出這個方法時，他們兩個的臉充滿問號，我說：「我們就用蝦蝦豬

肝肉當蝦餌，然後輪流看著浮標，這樣也不會太累！可以嗎？！」我一解釋完，他們馬上點頭說好。

因爲我們已經試過無數的方法，結果都一樣。就這樣過了一個小時，你猜猜結果怎樣？！答案是……沒更好！都過一個小時了，我們的蝦籠還是沒蝦！老闆看我們那麼可憐，就一直放蝦（原本一小時放一次蝦，變成一直放、一直放），因爲如果這兩個小時我們都沒釣到，老闆也不好意思收我們錢，所以就一直放蝦。

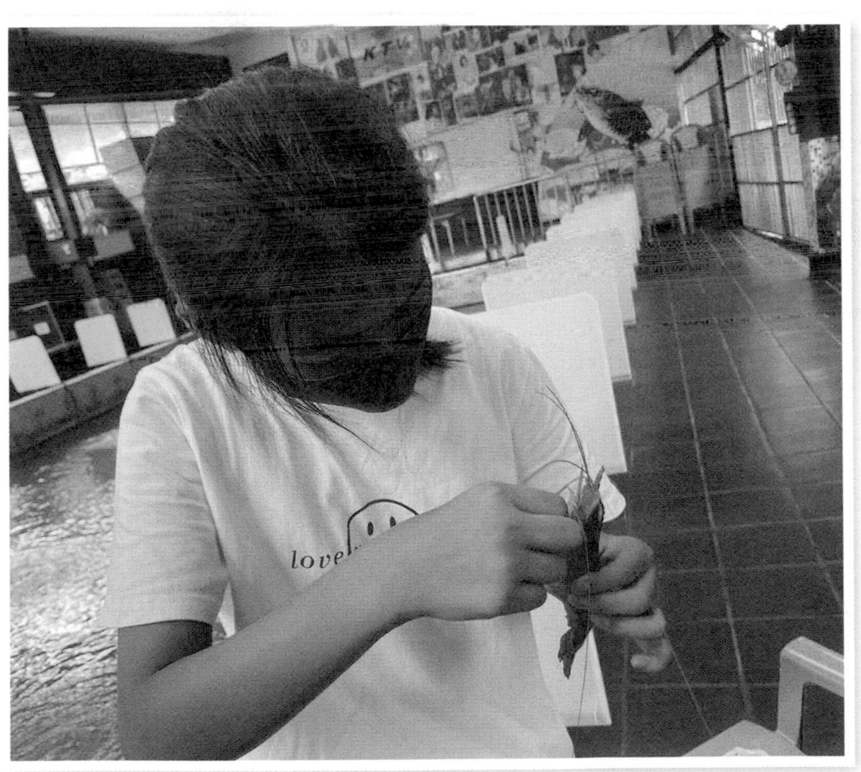

要把蝦子嘴裡的鉤子拿出來，牠還會一直跳

上：我們總共釣到23隻蝦子
下：美味的蝦子烤好了

我們沒有因爲掛蛋而沮喪，我們還是很開心的一起聊天，我現在回想起來，我眞的覺得那時的我還滿強的嘛！居然掛蛋還那麼開心？！我那時一回頭，後面已經站滿很多員工，大家都很擔心我們眞的掛蛋回家，這樣搞不好我們下次就不會來了！就在大家正擔心時，有蝦上鉤了！站我們後面的員工急忙向前幫忙，我只聽到一句：「我來！」我的釣竿就被搶走了，最後在員工的幫忙下，我們終於破蛋了！過了半小時，我們又釣到一隻了，雖然已經兩隻了，大家不知爲何還是很緊張，所以就在時間到的時候，老闆又再給我們延10分鐘，眞的很感謝老闆，在那10分鐘裡，我們又釣到兩隻蝦，不然其實應該是只有兩隻才對。因爲我們一直抱持開心的心情，所以結局自然就會是令人開心的，就像上次，我們一直酸葡萄，結局也會是不好的，想的好，結局自然好，反之，當然就不好。

# 8. 釣魚

雅晴

今天，我們要去釣魚，大家都很開心又期待，因爲之前我們都是去釣蝦，但是這次不一樣，這次我們釣的是「魚」。我們是早上先休息，玩個桌遊，再睡個午覺，我們要準備好下午出發。

下午，因爲我們大家都太興奮了東忘西忘的，有人忘記拿悠遊卡，有人忘記拿水壺，所以我們花了很多時間在來回拿東西。到了捷運站，並搭上捷運，我們在捷運上很興奮的討論會釣到什麼魚。到了之後等老師付完錢，我們就按照分組馬上衝過去搶位子。

一開始，我們這組都沒有收穫，我們眼睜睜看著別組一直有魚上鉤，漁場老闆看我們這組完全都沒釣到，就幫我們的餌換成蝦子來試試看（原本是活魚，還要自己把鉤子插進去牠的肚子裡），但是我們覺得畫面太過血腥，非常不適應，所以我們把魚餌直接給另一組，果不其然用蝦餌的釣魚速度較快，我們沒多久就釣到一隻魚了，我們釣的這池魚主要都是國宴魚和鱒魚，所以我們釣到的第一隻魚就是國宴魚。

釣到第一隻國宴魚

破蛋的第一條鱒魚



我覺得國宴魚牠很溫柔，牠雖然用牠那光滑的身軀在地板扭動，不是很好抓，我看隔壁組的同學都抓不太上來，不過最後還是被我抓起來了。很特別的是當我把牠抓起來拍照時，牠就靜止不動，讓我們乖乖拍照，眞的很有趣。拍完照後，牠就繼續扭動牠光滑的身軀，因此我們就把牠放進我們的漁網袋子裡。接著我們苦苦等了半小時，這中間有蝦餌掉的、脫鉤的、沒拉起來的、餌被偷吃掉的……狀況連連，就在經歷這一切過程後，終於有了第二隻魚，我們的第二隻魚也是國宴魚，可是不知道爲什麼我們釣到的每隻國宴魚在我眼中都是這麼的溫柔，結果，我們的第二隻國宴魚老闆看到之後跟我們說有兩斤，眞的很意外，竟然有兩斤？！我們既開心又驚訝，因爲這個開心的心情，使我們又對釣魚熱情了起來。

我們這組正在等待能夠被釣起的第三隻魚，結果我們又等了半小時才釣到第三隻，我們其實有很多魚上鉤，但是我們太慢起桿，所以錯過了很多的機會。終於，我們釣到了第三隻，大家卻進入一片沉默，因爲我們釣到的第三隻還是國宴魚，別組都釣到九隻了。最後，大家飽餐一頓享受香噴噴的烤魚時光。

現烤的魚好好吃

## 老師手札

不同的活動可以激發出孩子不同的火花，有時候也希望透過活動之間的轉換，讓孩子們學習應變的能力，釣魚或是釣蝦是一個滿需要耐心的活動，釣竿處理好之後就放在那邊等待浮標有無動靜，孩子們在面對這個過程中，眞的滿心期待但是又覺得上鉤很慢，可是當孩子拉上第一隻魚或是蝦子的時候，那樣的成就感是滿分的，面對這些過程，一次又一次的經驗，孩子們也會彼此之間分享經驗值，不管成功或是失敗，也能夠傳承技巧，過程中也讓學長姐有機會好好分享交流。

釣魚的活動，其實不是每個孩子在平常活動上容易遇到的活動，從一開始活餌要勾住，到下竿之後等魚上鉤拉起，再把鉤子從魚嘴拿出，把魚放進漁網袋子裡，最後再烤魚之前還需要把它清理乾淨，這整個過程，都對孩子來說是一件非常新鮮的事情，不容易完成它。但是看見孩子們認眞專注在每一個過程，學習怎麼清理魚的勇敢嘗試，平常不敢和不喜歡吃魚的小孩，在這一刻都變得很珍惜自己的努力，這眞的是孩子們很勇敢的跨越！

PART2
勇於展翅
street
forrest
river

# 9. 誰來午餐

雅晴

做午餐，是我們在共學當中很常態性的活動，特別是在暑假和寒假。

原本我們都只是買外賣，但是看著學費，午餐外賣的費用也占了一些比例，所以老師就和我們討論「自己煮午餐」的話題。我們有一些人說這樣很累，但是有些人覺得烹飪很好玩，會讓大家很開心。這樣一來一往的討論中，最後我們還是決定要玩玩看烹飪，這樣也許可以替爸媽多省一點錢。

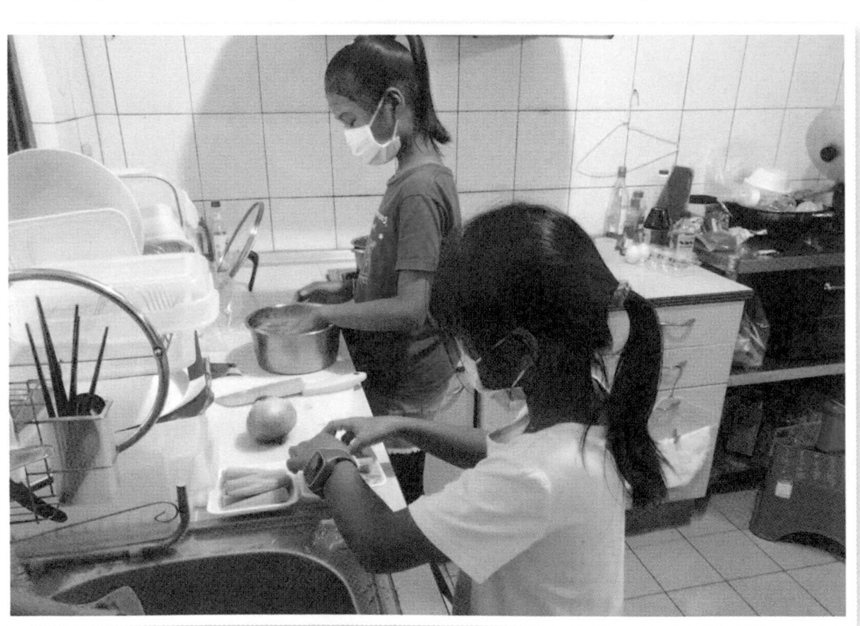

備料中，洗菜切菜中

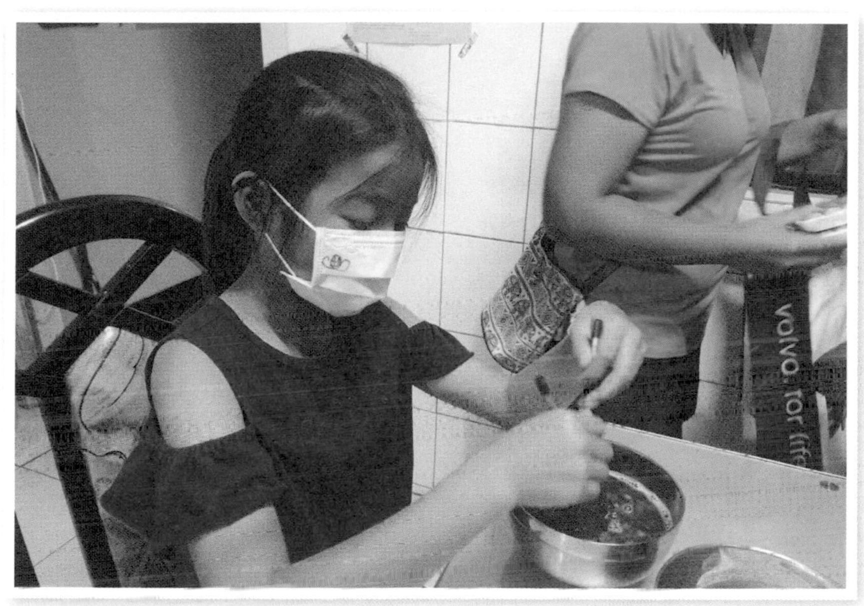

咖哩馬鈴薯紅蘿蔔燉肉，要先把咖哩塊攪融化

我們前幾次做午餐時，大家都很緊張，因爲沒經驗的人用火躲得遠遠的、切菜也都切得小心翼翼和超級慢的，或是還沒開火然後倒油都會害怕，如果你在場的話，看到大家的反應眞的滿好笑的……有經驗的人做什麼事都順手，但是對於勇於嘗試的新手，只要他願意嘗試，任何事都可以完成。做到後面，大家越來越熟悉烹飪，也越來越勇敢。這次，我們要做炒麵、湯以及兩樣小菜，我們會分配工作，有些人負責切菜、有些人負責洗食物和碗、有些人負責買菜和當小幫手或有些人負責煮東西。我們分配完工作時，我是負責煮小菜的，沂芳是煮炒麵的，我們都要先等其他負責買食物的、洗食物的以及切食物的，所以我跟沂芳就先去旁邊玩桌遊來打發時間。過了一段時間後，他們都好了，我們就開始煮，我其實不是新手，有在基地煮過好幾次的經驗，但是我就是

不太喜歡煮午餐，因爲步驟繁雜又很花力氣，跟烘培製作點心比起來，我更愛點心。

做菜的時候，我先小心翼翼的把食物放下去，看著旁邊的沂芳，一把把麵快速的撒下去，像是已經超級熟練了，沒錯，沂芳煮東西非常熟練，似乎她也滿享受的，也因爲這樣，她們家每個禮拜有幾天的午餐晚餐都是沂芳煮的。她煮完麵時，我剛好也煮完我的了，而湯的部分是別的同學來負責煮。等所有午餐都煮好時，大家有如脫韁野馬般的衝去拿自己的碗，因爲眞的太香了，特別的是這些都是大家辛苦一起分工完成的午餐。大家開始互相幫忙分配著吃，那個畫面可以用狼吞虎嚥來形容，等大家吃完，洗完就開始自己的自由時間了。

還有一次我們是去剩食商店買食物，我們買了咖哩、麵和一些我們喜歡吃的，並且是可以搭配起來的，買完我們就回共學基地了。回到基地，第一件事就是先洗手，洗完手我們開始分配工作。

我們要做的事很多，有人要切貢丸、切紅蘿蔔和馬鈴薯、有些人負責煮麵等，大家開始分工合作、同心協力完成這次的午餐。我看著切食物的人，多麼的細心，每一片大黃瓜的大小幾乎都一樣。當我和敦宜（共學裡的同學）要煮東西時，我們互相幫忙拿調味料和食物，我們得一起用，「因爲我們」是這次餐點的「主廚」，所以這次的午餐好不好吃的命運就在我們手中了！

正在煎雞蛋豆腐，因為豆腐很嫩都要很小心翻面

我開火後，敦宜拿著裝滿蛋液的碗朝著鍋子倒了下去，而我和敦宜必須輪流輕輕的攪拌蛋液，因為我們沒有要把它煮熟，我們要它呈現半熟。這一天是夏天，在廚房中我們快熱死了，而其他人因為做完事情在廚房外玩，廚房外的冷氣可以讓我和敦宜身上的熱氣煙消雲散，所以我們輪流顧食物，隔一分鐘就換一次人，而還沒輪到我的時候，就可以出去吹一下冷氣。就這樣，我們輪了很多次，然而，我們即將開始煮主食，我們不可以再這樣呈現輕鬆狀態，我們要調整作息了，敦宜拿著一鍋堆積如山的食材，我則是負責把食物丟入鍋中。當我們開始把食物炒在一起攪拌時，我和敦宜的手都已經快沒力了，因為食物眞的太多了，眞的十分難攪拌，由此可見我們的午餐非常的豐富，把這些十人份的午餐

都處理完畢眞的是花了我們很大的力氣，等我們都煮好後我們就去休息了。大家拿著自己大大小小的碗準備找老師裝食物，大家聞著香味，那個畫面眞的滿像滿漢全席。食物放進每個人的碗裡之後，吃下第一口大家的表情都愣了一下，此時，大家異口同聲的說：「好吃！太好吃了！」，就這樣，大家邊看電影邊享受我們做出來的美食，結束了今天美好的時光。

這次的午餐告訴了我團結合作的重要性，不可以一意孤行，自己一個人只會有兩種結果，第一個結果：你會越作越忙；第二個結果：你會容易失敗，所以才要團結合作、同心協力，只要有心一起做，不論這件事有多困難，你的其他同伴都會和你一起完成，就算失敗了，他們也會鼓勵你、幫助你走過這些過程。

黃金豆腐完成～煎得很漂亮吧！

十人份大鍋炒飯，炒到手很瘦

## 老師手札

我們身爲父母一段時間，很容易爲孩子預備好一切所需要的，一方面我們眞的很愛自己的孩子，希望他們不要累到，一方面有時候看見孩子做事的樣子，眞的耐不住性子，覺得大人來做速度又快而且事情完整性又好。

當老師提出午餐自己來的時候，孩子們的反應有些人是期待、有些人覺得麻煩，爲什麼不買外面就好？我們老師就提出自己的想法，有沒有可能多替父母分擔一些經濟壓力的出發點來鼓勵孩子們嘗試看看，孩子們很棒的是，想到這點的時候，大家都很願意嘗試。

過程中，很多孩子不太會切菜，所以切的樣子不一定很好看，不過我們初心是孩子們自己完成這件事情，只要能吃、好吃才是最大的重點，所以不管他們做得如何，老師唯一一個工作就是「顧及安全」，放手相信他們，他們有時候邊做菜也邊回頭詢問老師「下一步該做什麼」，我們大部分時間丟回去的是「你想要怎麼做呢？」，孩子們每次整個午餐完成後，都只有一個反應，就是「眞的太好吃了！」連平常不愛吃的食物，都把它吃光光！

# 10. 我在鹿草的鄉間——打工換食宿

沂芳

剛到嘉義火車站，我們都忙著玩，還沒來得及想接下來的幾天會有什麼考驗等著我們。

「張老師來了！」老師對我們喊著，只見一輛銀白色的休旅車開向我們，一個中年婦女下車，看來她就是老師口中的「張老師」。

張老師開著車帶我們來到了一個三合院，下車後馬上就聽見兩隻小狗和一群鵝嘈雜的叫聲，一抬起頭發現這個三合院是非常的完整，保存得很完好，後來才知道我們所看到的是經過非常多的努力和金錢才完成這一個三合院的。張老師分享說她以前也讓一群小孩來住過，她原本非常高興，結果換來的卻是一個個的災難，張老師神情時喜時悲，「他們在走廊和屋簷下跑跑跳跳，我講了他們也不聽……後來竟然打破了一個非常重要的東西，弄破了也不清理，等到我發現的時候已經很久了，處理完之後味道還是很重……」她停頓了一下，然後認真的跟我們說「所以你們這幾天的表現非常重要，如果再發生這樣的事情，我恐怕再也不敢讓小孩來了……」我聽完心裡大驚，這些人怎麼這麼不負責任？

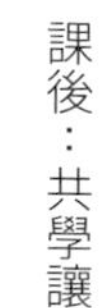

拔草是打工換宿最基本的工作

張老師說第一天的主要工作是拔甘蔗上多餘的葉子，結果我們共學另外一團的Andy老師居然是穿短袖，而甘蔗葉的邊緣會割人，所以原本好好的一隻手就變成了……一張星座圖，還這麼剛好差一條就可以組成北斗七星了呢！晚上我們十幾個人打地舖睡同一間房間，我覺得一起睡很有趣，因爲晚上一定會發生一些很有趣的事情，例如有人從直的睡成橫的；從有棉被到棉被飛到別床去，但同時也會有相對的缺點，比方說在我們之中，有人睡覺會打呼，那本來很淺眠的人就容易被吵醒，大家一起睡有在鄉村的感覺；大家各自分房各自睡有輕鬆自由的感覺，這些都不錯。

一大早的怎麼有人播音樂？「起床了喔～～」老師像個大鬧鐘的喊著。我心裡想著「現在才幾點啊？」眞的好想睡...我們的日子就是每天都必須六點半起床，七點去指定的地點拔草，今天在停車的地方附近，張老師吩咐我們倆倆一組，拔最多雜草的組別獲勝，大家儘管汗流浹背，仍然努力將所有的雜草都連根拔起。

其中一天我們的主要活動是去牧場擠羊奶，牧場的老闆先帶我們認識一些羊的種類，最後帶我們去羊舍擠羊奶，那裡跟我想得非常不一樣，我以爲是乾淨溜溜的地板，結果一進去，先是聞到羊便便的味道，再來是看到滿地的羊便便，我整個人傻眼，不過馬上轉換回驚嘆的臉，老闆見狀立刻補充一句：「這些還好，因爲羊本身一天都會排泄這麼多糞便，牠們跟人類的排泄系統本來就不太一樣」老闆引領我們到羊舍，可是我根本不敢進去，只能站在邊邊，看他們掃。等了好久，終於到擠羊奶的時候了，老闆給了我們一人一個不鏽鋼鐵碗，並示範一次該怎麼擠、在擠的時候要注意什麼⋯⋯，老闆示範的時候，看起來超簡單，只需要一手扶著乳房，另一手擠羊的乳頭，不能擠太大力，避免羊生氣，我們擠呀擠，怎麼也無法像老闆那樣快，過了好久好久，終於達到了我們該完成的量，老闆便邀請我們到店裡吃羊奶冰，可是就在大家正高興可以吃冰時，而我只能看著大家大口大口的吃著冰，因爲自己有氣喘沒辦法吃冰，我難過得覺得自己被排擠...，當時覺得「哼！都是氣喘害的，害我不能吃冰！」，現在想想其實也還好，女生吃冰本來就對身體沒什麼好處。

左：餵羊咩咩吃牧草
右：我們摘了很多芭樂，但也餵飽了很多蚊子！



隔一天，我們去了芭樂園，那裡的芭樂是「紅心芭樂」，意思是果肉是紅色的，但不是我們坊間看到的那種大芭樂，而是小芭樂，雖然很小，但是它的氣味卻是非常的香！芭樂樹如果沒有果實的話長得跟一般的行道樹差不多，通常農夫會把果實包在袋子裡，主要是希望甜甜的果實不要受到蟲害。這個芭樂園是有機的，沒有噴灑農藥，所以在芭樂樹下，果實本身很甜又很香，到處吸引的都是紅火蟻，這種螞蟻會咬人，被咬到雖然沒有大礙，但是會很癢跟有點痛，讓人會不舒服。因為有紅火蟻，於是我們小心翼翼的摘除芭樂，一顆顆的芭樂看起來香甜美味，但芭樂園老闆說並沒有要拿來吃，而是拿來喝，芭樂怎麼喝？大家面目疑惑，老闆說會拿去切芭樂的機器，切成一片片，再曬成乾，最後沖泡成香甜的「芭樂茶」，要是我沒來過這裡，我還真不知道什麼是「芭樂茶」。

讓我們充滿回憶的三合院

這幾天玩得非常開心，我很慶幸可以來這邊體驗各個活動，張老師說，我們這幾天表現得非常好，很歡迎我們再去一次！我一聽到這個消息，我心裡大喜，這麼一來，就有更多的人可以體驗跟我一樣的活動！

## 老師手札

很特別的經驗，很榮幸能夠得到鹿草當地的人熱情款待，孩子們首次體驗打工換食宿的經驗，這一趟旅行讓孩子們深刻體驗很多，從來都沒有不勞而獲、東西從天上掉下來，而是捲起袖子，動手換來的。

孩子們這五天當中，經歷很多事情，因爲時間關係，孩子們只紀錄了印象最深刻的過程，但從這些過程當中，孩子們身體力行的參與每一個農事，學習這些過程，也把做家事的本事拿出來，在這裡，不只要學會照顧自己，也要聰明做事，體會勞力換來的果實。一方面也看見孩子們在這當中，盡心盡力參與，體會到原來到我們碗裡面的食物，是這樣的不簡單，得來不易，要汗流浹背才能得到的東西，顯得更加珍貴。

# 11. 當自己的導遊

沂芳

對於沒規劃過「旅行」的我們，這是個突如其來的任務，就是自己安排自己想去的行程，這是令人非常興奮的，但是我也覺得它有一點難，因此老師在我開始前，給了我們一些靈感和知識，例如怎麼查詢、有什麼捷徑之類的，這樣也方便我們操作電腦。

一開始，我們都很開心能自己安排，因爲過去的一切都是經由大人們、老師的安排，都是玩他們期待的，好不容易有個機會當然會想嘗試看看「由我們自己規劃的旅行」。我們最想做的事就是純粹想住飯店，所以一開始我們就直接查飯店，查到飯店以後我們就卡住了，因爲發現這是不太正確的，應該先想我要去哪玩，再看附近的飯店，現在回想當時的自己還覺得自己很蠢，因爲花了很多時間找飯店。

還不只是這樣，我們查完就很開心的跟老師說：「我們查到了400多元的飯店，而且每間都很美很好看喔～～」老師一聽，馬上覺得不對勁問：「眞的？！在哪裡啊？」說到這裡，我們也不知道到底在哪，於是一看……在中國啦！老師一看，馬上哈哈大笑，我則是滿臉疑惑又失望的說「蛤～是喔！」老師笑得講話都結結巴巴：「你們也太可愛了～我們沒要去中國啦！」我們只好失望的回座位繼續查資料。

因爲要報告給爸媽聽，我們正在報告演練

後來老師也教了我們查飯店的技巧，給了我們許多想法和建議，我們愈查愈順，但每次一回到基地，一坐下來，老師就會說今天得查到哪、今天得問哪家民宿有什麼服務之類的，也因爲這樣，有段時間我還每天攤著一張厭世的臉去基地，因爲就是不想查民宿跟景點，最……最……最不想的是「打電話」，打電話眞的超麻煩的，我們不像是大人都知道要說什麼、問什麼，所以要先想好要問的問題，然後再鼓起勇氣撥打電話，光是「鼓起勇氣」這個動作可是花了我非常多的時間，那時的我是多麼的膽小啊！而且一直被老師催促是很煩躁的，但全部讓我們自己做我們又嚷著要老師幫忙，我們超級矛盾，想要老師幫忙又覺得老師很煩，主要是因爲必須要連續不斷的查詢飲食、活動的相關資訊，那種煩是無法用文字形容的。

我們的第一站：文心公園

我們去台中科博館

在一次看日曆的過程中，意外的發現離我們要報告的時間就只剩下一個月而已了，讓我大吃一驚，決定開始認眞規劃，不再以隨便的態度應付這件事，也是那時才知道老師一直催促我們要動作快的原因，頓時感到格外的慚愧。我竟然沒有清楚老師的立場就覺得老師很煩，還每天擺一張臭臉，想必老師那時肯定很難過，明明是爲了我們好，卻遭到我們的討厭，要是我，一定氣得不管她們的旅行。老師！對不起喔～那時我還不懂事！

我們最後找到了台中的「西屯」，我是負責第二到三天的行程，我找了「台灣印刷探索館」和「國立自然科學博物館」。其實國立自然科學博物館是因爲實在找不到行程，所以才勉強安排的，不然我原本很不喜歡去博物館或美術館之類的，我在寫PPT（power point簡報）的時候就直接寫「因爲不知道要去哪裡，所以去科博館」寫完老師和我們都笑成一團。

雅晴是負責找民宿及第一天行程，她找了一個算是特色公園吧，叫做「文心公園」。但我覺得雅晴找的比較好玩，因爲是「公園」。而民宿是「潛立方」，原本想去那潛水的，結果還是泡湯了～因爲實在太危險了，那個池子有21公尺深，掉下去就……。

一轉眼，就到了報告前一個禮拜，我們眞的是緊張到手足無措，可是也只能告訴自己一定要冷靜，因爲當天可是全部的家長都在呢！要是出了什麼差錯，一錯就錯在十幾人面前，是會非常丟臉的，所以得冷靜一點，越緊張越容易出錯，也還好我是第二個，最先出場的是雅晴，我還勉強有一些挽救的機會，老師說報告時一定要保持微笑、說話大聲一些，不然這幾天的努力就白費了。深呼吸、吐氣、深呼吸、吐氣……我們都緊張到心臟快要跳出來了，上台時我的腳已經呈現軟癱的狀態了，慢步上台，越來越緊張。一開始，先講名字及負責的天數，再來講行程及時間，最後是特色，好險我都沒出錯，兩人也順順的完成報告。

我認爲這是一個非常好的嘗試與經驗，從我們一次次的報告中，獲取長大以後需要的經驗，也很謝謝老師給了我們這個機會可以練習上台分享及報告。

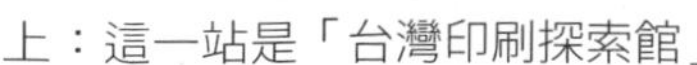
上：這一站是「台灣印刷探索館」
下：拓印自己的雕刻

## 老師手札

孩子想要自由，我們也帶著孩子學習如何使用自由，面對旅行，孩子們第一個想到是可以度假一個禮拜，常常安排旅行活動時候，孩子們總是有許多不同意見，覺得太累、覺得好遠、覺得好麻煩、覺得東西不好吃……抱怨多得不得了，如今讓孩子自己面對這趟旅行我們該怎麼做？

孩子們很棒的是認眞學習這整個過程，我們在這中間有很多衝突，因爲孩子們不知道，原來要「自由」的規劃是這麼麻煩的事情，每一個細節都要想到，不然我們隨時都會在某一天「卡關」，也帶孩子們認識到，原來「規劃」是一種能力，「演說分享」又是另一種能力，需要說服爸媽們出資，我們才能夠完成這一趟旅行，這樣的過程是得來不易的，但也透過這樣的分享，家長們更看見，原來孩子們這麼優秀，能夠把一份旅行的報告分享的完整，也看見孩子們眞的很用心努力整個過程。

# 12. 浪犬博士

雅晴

浪犬博士，就是「浪犬博士」的老師會來介紹關於狗狗的一切事情，幫助我們認識與狗的互動。就在這天，小強老師幫我們請了一個神祕團隊來。他們來的時候，我覺得很陌生，所以我馬上就躲到後面。但是，後來他帶了一隻狗狗來，我就從後面跑回前面，老師說「狗狗第一次見到你們牠會害羞，所以牠在後面角落休息」，結果大家都偷偷把屁股往後移過去摸牠了，我很怕被老師念，所以我就在前面聽他們說話。

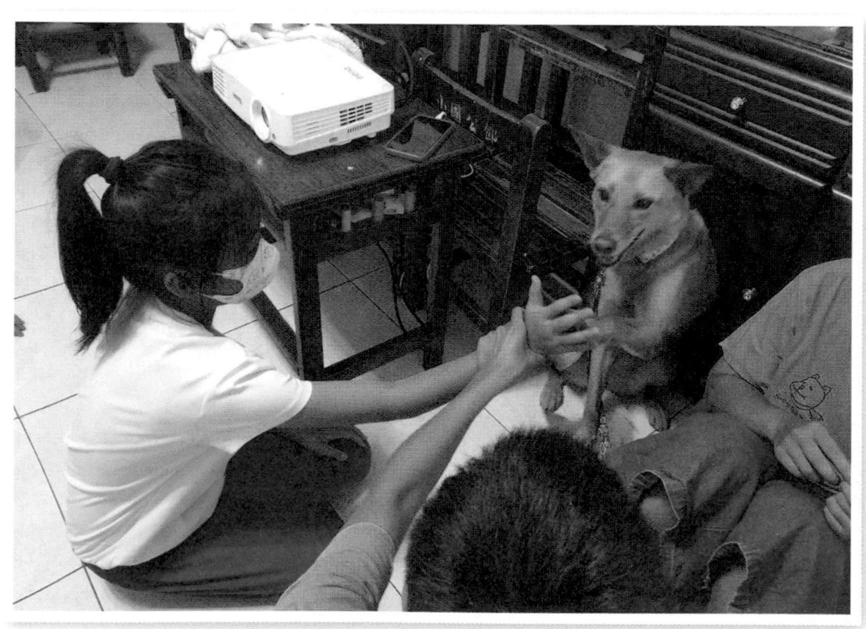

老師教我們怎麼和狗老師相處

「大家好，我們是浪犬之家的人。今天這隻狗叫做『貝西』，牠是兩隻不一樣的狗生出來的，所以牠是混血兒，牠媽媽生出牠以後，過沒幾天就病死了，爸爸之前跟別的狗打架，因爲傷得很嚴重也去世了。貝西後來流落街頭，被人找到，那個人把牠送去收容所。後來是浪犬博士的姊姊把牠領養了。一開始養牠的時候因爲前主人以前會毆打牠、趕牠出去、嫌牠髒，貝西因爲這些記憶，所以會亂咬人、亂尿尿或亂生氣。但在浪犬之家的愛護跟耐心照顧之下，牠不再像以前那麼的害怕了，現在的牠是一隻很願意親近人的狗。所以請大家溫柔的對待牠。」浪犬博士做了一開始的介紹。

接下來，我來跟你們玩遊戲，玩完遊戲還有有獎徵答喔！遊戲是：觀察看看，猜猜看。第一題，這兩張照片哪隻狗看起來是在生氣，其實兩張照片給人的感覺都很像，第一張給大家的感覺是在高興，第二張給人的感覺是在生氣。我跟沂芳猜一，其他人猜二，結果是我們猜對了，不愧是觀察力好的姊姊們！就這樣，浪犬博士的老師播了好幾張照片和好幾題，這些題目都是我們不曾想像過的，因爲這些題目看完之後，原本我以爲我認識狗狗，其實不太認識。播完照片，接下來就是我們與貝西練習互動時間了。

每個人輪流向前互動，浪犬博士會指導你怎麼跟牠互動。我是先看大家怎麼互動的，我再去，因爲我怕出糗，所以我是排倒數第二個，當我去的時候，老師跟我說：「第一步，你要先慢慢地把手伸出來給牠舔，牠舔完你再慢慢地把手放在牠的胸膛微微的摸三下，牠才知道你是不會害牠的，牠也會比較熟悉你。」當時，牠舔了我好多下呢！老師就開玩笑說：「難道你今天吃了漢堡或麥當勞嗎？」，但是，我心想，應該是因爲我曾經養過狗，所以狗才對我這麼親近吧。

接下來，老師要我們分享養狗的經驗，我就說之前我也有養過狗，從小陪著我們，並且陪了爸爸十七年。跟貝西互動時，我覺得狗很親切，讓我想起我們家的狗很喜歡撒嬌。大家就這樣一個一個分享完了，每個人的經驗不同，有的大，有的小，種類不同。

貝西非常會掉毛，每次牠走過的路都有牠遺留的毛。牠還會耍特技呢！牠會玩接球、握握手和擊掌。老師說牠平常非常的乖巧，也滿厲害的，說到狗，不禁讓我想起我在電視上看到專門介紹狗的頻道，狗可以檢查你有沒有帶毒品，有些狗被訓練成牠可以去檢查田旁邊有沒有紅火蟻，也可以去菜市場聞哪包菜中有殘留的農藥，證明狗狗的嗅覺十分厲害。狗可以當人類的寵物，也可以當導盲犬或緝毒犬等，是人類不可或缺的同伴。

狗狗老師很害羞～

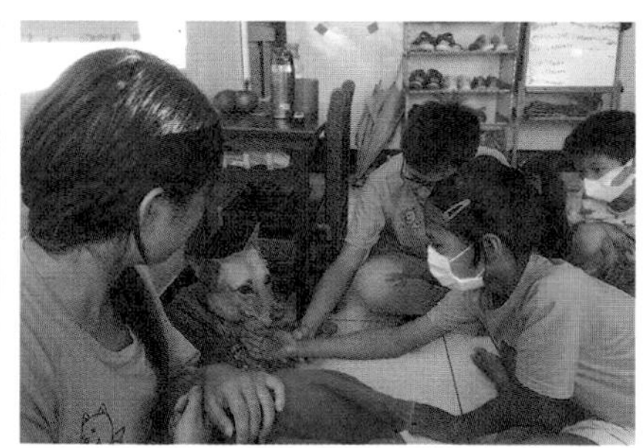
摸摸牠的脖子和牠握手

導盲犬就是你的眼睛，來輔佐你的一生，緝毒犬就像警察一樣，檢查你是否有犯法，我認爲狗狗最珍貴的地方，就是牠可以陪著你。但是，只要養了狗狗或其他的動物，我們就應該負起責任，不可以棄養牠，因爲牠跟你曾有過美好的回憶，就算沒有，牠也是一條生命。大自然就是上天送給我們最好的禮物，所以要好好珍惜大自然，別浪費這寶貴的禮物，這份禮物上天只能送你一次。最近，我出去露營回程時，我們看見一隻流浪狗，淋著雨、全身都在抖，很瘦，我們看牠很冷又很可憐，我們便給牠車上的食物，牠吃完便給我們摸頭，開車走後，牠還追著我們，這個身影，我到現在都還記得。

## 老師手札

寵物是孩子們非常喜歡的，記得有孩子說「我跟媽媽說我很喜歡柴犬，我想要養牠」，當孩子提出這個需求的時候，孩子可能很難想像接下來要負責什麼，因爲買了狗之後，接下來要發生什麼事情並不是都完全了解的，大人亦是如此。

因此這一陣子，許多孩子發出想買寵物的願望清單，很擔心父母也因此買單孩子們的願望，特別找來對於狗狗很了解的單位來合作，讓孩子們親眼看見並且見證整個過程，在我們「想要」之前，可以學習去了解跟認識，我們老師其實也有一個選項就是選擇「忽略」，因爲畢竟養狗是這個孩子家庭的需求，跟老師沒有直接關係，但我們透過「孩子所在意」的事情來啟發孩子學習的過程，短短的一堂課，可以延續很多議題分享，並且讓孩子能夠去上網查詢相關知識，也需要學會承諾，學會對一個生命負責，如今孩子與父母討論了半年之久，最後下定決定好好愛狗狗，並且承諾跟答應照顧陪伴牠，直到如今，孩子依然是負責的，這樣的生命歷程，能夠使孩子眞正「體驗」學習過程，不會單方向的領受「知識」。

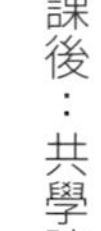

# 13. 一抹青山‧抹茶山

雅晴

這天晚上，我們要到老師家過夜，這是我們第一次去老師家裡過夜，而我們在前幾天已經準備好行李了，因爲……隔天我們要去爬「抹茶山」！我們先在各自家裡吃完晚餐，再到老師家。到的時候，大家已經都在老師家的社區大廳，大家都不知道怎麼上去，所以我們大家已經在下面等了好久好久的時間，老師才發現我們怎麼都沒上去，但老師卻以爲我們只是遲到而已，所以繼續在上面等我們。一進到老師家裡面，我們超級興奮在老師家瘋玩一下，很開心能和大家一起玩，玩夠了之後，大家累了，老師催大家該睡了，每個人就定睡覺的位置，準備睡覺了。

隔天早上，突然感覺到一股寒意，冷氣開滿強的，我就一直在拉被子，睡我隔壁的一直搶我被子……。到了六點整，我們大家都被叫起床了，而我……是被冷醒的，我們輪流排隊刷牙、洗臉、換衣服和上廁所，過了半小時，我們終於好了，就一起前往樓下的便利商店買早餐和午餐。

吃完早餐後要出發前，有人突然想上廁所，所以不上廁所的人要在老師的車上等，要上廁所的去大廳的廁所排隊上。過了一陣子，他們好了，我們也終於可以出發了。在車上，有的人在玩遊戲、有的人在睡覺，還有的人在點歌聽音樂。過了將近兩個小時，我們終於到了登山口旁邊的休息站，大家立馬下車，有的人上廁所、有的人在擦防曬乳、有的人則在沖涼感巾，過了五分鐘，大家都準備好了，我們終於可以出發了。

出發時，我們覺得很簡單，因為一路上只是平路而已。但是天氣太熱了，大家在旁邊的洗手台沖涼感巾，當換我的時候，我才發現原來我把它忘在車上了，我心想：完蛋了，我要熱一整天了。這時，我好心的妹妹把她的涼感巾拿

等著我們的是……來回11公里的路線

給我，我在想：謝謝老天給我這個貼心的妹妹，我眞幸福。妹妹又接著一句：輪流用，我有這個妹妹眞的是太好了！結果，我們已經走了「四公里多」的平路，竟然才到正式的登山口而已，我們整個傻眼，原來走這麼久的上下坡山路都還不是眞正的爬山，讓我們大家都很失望，大家眞的爬得有點累，竟然才到這登山口……，在這之後還有六公里欸，在火冒三丈的同時，突然看見蝴蝶們在揮動炫麗的翅膀，使得大家都清醒有精神，我們在那裡休息了一段時間，而我就去跟蝴蝶玩。那些蝴蝶似乎沒有很怕人，所以我就偷偷的跑到牠們旁邊，用左手去碰牠那細細的身軀，再用右手慢慢地伸到牠前面，牠就成功地在我手上了，結果老師高興地說：「出發啦！」這一瞬間還眞破壞了我抓到蝴蝶的好心情。

天氣很熱，還好路上有許多山泉水，可以讓我們清涼一下

左：看看這抹茶色的抹茶山，真的沒有白費我們很累的爬上來
右：終於到抹茶山終點了！耶～

一開始旁邊是清涼的小溪，十分涼爽。後來，我發現沂芳已經帶著兩個低年級超前了，我想跟上前去聊天，不想在這慢慢的爬階梯，所以我就衝刺過去。終於，我追到沂芳她們了，我們就一直超前一路到了終點。我們很開心，因爲我們是第一個到的，然而，我看見上面有個「耶穌被釘在十字架上」的雕像，我們四個馬上衝上去看，雖然階梯很陡，但大家都想一探究竟，所以就堅持跑了上去。在上去的過程中，我還看到我在自然百科上面看到的蝴蝶，我馬上把牠拍照下來，好讓我回家可以仔細的觀察。



終於啊，大家都到了，想上去看雕像的人也上去看了，我們就在原地吃午餐，還看到蓮花池裡的魚，我們不忍心牠們餓肚子，於是餵牠們一點麵包屑。下山後，我們走在原本過來的路上，就當快到登山口時，突然下起傾盆大雨，我們馬上躲到樹下，拿起兩件雨衣，拼命的把它撕開一半，變成一大片，就足以擋四個人了！但是，雨衣根本沒用，這個雨勢大到像是有人把水持續倒下來的感覺，我們還是被淋成落湯雞，我們手上拿著雨衣根本就不想穿了，反正我們走的路也已經跟瀑布沒兩樣了，就把自己淋成「雙倍落湯雞」吧！我們也邊下山邊玩起水來，這應該是唯一一次淋雨玩水都沒人罵我們的一次吧！

走了一段路，雨漸漸變小。因爲大家被淋成落湯雞，決定去附近的湯屋泡一下，女生一間，男生一間，我們泡得很開心，還戴著蛙鏡把自己的頭埋進水裡。泡完湯屋，我們就換身衣服，還好我們有先預料到會下雨，有準備備用衣服，這才讓我們能夠舒舒服服的回家去了。

下山時遇到大雨，但還是很開心的在雨中玩耍

登山口旁邊剛好有湯屋，於是我們一身濕的去泡湯



## 老師手札

這一次的爬山經驗讓孩子們一生難忘，原本大家以爲是一座不會太難的山，當大家在爬山過程中，非常開心的邊玩邊爬，直到看見登山口，小孩們的臉才垮下來，原來前面都只是前菜，主菜才正要開始而已。

孩子們非常的有毅力，表情上雖然很沮喪，但孩子們整個人完全不氣餒，一階一階的階梯往上爬，很喘之後，休息一下，喝個水，馬上再出發，看見以前孩子們對於爬山氣喘吁吁，一路哀嚎到終點，這次的爬山完全跌破老師眼鏡，沒有一個孩子在爬階梯過程中抱怨，而是不斷的一直往上爬，抵達終點時，孩子們興奮到歡呼，看見抹茶般的山景，孩子們興奮不已，不斷的想要拍照，爲自己的努力喝采，看見他們如此這般有成就，光是在旁邊看著他們，老師都會不自覺地嘴角上揚，眞的很令人滿足。

下山後，我們半路上沒躲過很大朵的烏雲，這個烏雲的雨勢非常強烈，是個午後雷陣雨，孩子們在下山過程中原本想要一個人穿一件雨衣，但是有孩子忘記帶雨衣，有學生主動提議說把雨衣撕開，大家一起撐，看見孩子們主動願意犧牲自己雨衣來幫助旁邊的孩子，眞的滿感動的。我們就這樣慢慢下山，而孩子們在雨中大聲地唱歌和開玩笑，這場大雨完全沒澆熄孩子的心情，反而更讓孩子們開心得不得了，最後雨衣也撐不住雨了，他們直接在雨中飛奔，這個畫面已經很少出現在都市中了，在這場雨中，看見孩子們的內心得到解放，玩得好開心呀！每一次外出，都有一些不可控的意外，這些意外造就了我們的童年經驗更加不一樣，故事也更加豐富。

# 14. 奇美，其美——奇美部落

沂芳、雅晴

## 第一天

今天是我們展開暑假第二個旅行的第一天，這次是我們全體共學要去，是雙師，而且十個小孩，我跟妹妹（我們家）凌晨五點半就起床了，因爲凌晨六點要在淡水捷運站集合，且七點要到台北火車站搭火車，所以大家都很早起來，我們家幾乎每一次集合都是最後到的，這次爲了要早點到，我們不偷懶，馬上出門，所以我們家是第三個到的。

集合完後，我們拍張照，就邊帶著各自的行李箱或大背包出發，邊跟自己的家人說再見。我們到了火車站後，原本以爲要遲到了，我們就很匆忙到月台、也忘記看時間，老師也忘記拿大家的車票，就急忙地去拿車票，拿到後很快的衝回來，這時候我們才看時間，原本到了的時候還有十五分鐘，老師拿完票後還有十分鐘，我們傻眼，那我們剛才在急什麼？時間綽綽有餘。

我們目瞪口呆的站在那裡，因爲沒有位子，所以我們在原地站了五分鐘，那五分鐘內，我看見有的姐姐會讓位子給我們，我覺得這個舉動可以讓社會變得更美好，但是，就是有人來破壞這美好的舉動，有一位叔叔要讓位給一位阿嬤，

結果，旁邊的哥哥看到位子馬上就坐下去，而且還把那位阿嬤弄跌倒了，眞是沒良心。

剩下五分鐘，我們第十車廂的人要過去了（已經先分好座位了），剩下的人要前往月台第五車廂的位置，我跟其他人到了第五車廂後，我們的火車剛好來了，我們就上車了，上車時，我們在找座位，我坐在第二排，我們大家都坐在一個區域，說到火車，讓我想到一個我之前坐火車的痛苦回憶，就是那趟旅程的回程，坐火車時，我跟一個共學同學（一年級，叫可紜）被分配坐在一起，但是那時她比較喜歡沂芳，沂芳跟我妹坐在一起，其實我很喜歡可紜，我想跟她一起玩，但是我做的事她都不喜歡，過了沒多久，她趁著我在看外面時，看見沂芳她們玩得很開心，沂芳問她：「要不要過來玩？」，她說：「好啊！」，她過去以後，我就一直在哭，因爲我眞心想跟她玩，她卻跑去跟沂芳玩，每次如果要選擇我或沂芳時，大家都選跟沂芳，讓我很難過，所以隔天，老師跟我說個祕密，老師說：「可紜跟我說因爲你比較兇，沂芳比較溫柔，她比較喜歡沂芳」，從此我就下定決心在共學的時間中不可以生氣，要忍住，回家再生氣。

回到主題，我們在火車上玩得很開心，不知不覺到了花蓮，我們先在外面集合，拍張照，就走到了外面，我們在外面上個廁所，裝個水，在空地玩紅綠燈，等奇美部落的車到來，過了一會兒，車終於來了，我們一上車，就聊了起來，聊了一會兒，沂芳說她不舒服，又過了五分鐘，沂芳吐了，吐在車上，我們立馬躲到旁邊，其他人在處理。

花蓮我們來囉

過了一段時間，到了，我們也從夢中醒來了，我們一看就覺得一定很累，我們進去看我們住的地方，這是部落的傳統家屋，放完行李，就開始活動了，第一個活動是先去烤貢丸，我們要把貢丸烤到焦，再去旁邊的秀姑巒溪學撒網和放蝦籠，我們途中遇到下雨，被淋成落湯雞，那時，因爲全身都濕透了，有一大半的人先回去了，剩我和另外三個人留下，我們看mama（阿美族已婚男性的俗稱）撒網，mama抓到了兩隻魚，我跟另外三個人輪流拿，而且很意外的，我還在路上撿到錢。

回去後，換下一個活動，kaka（阿美族哥哥的俗稱）幫我們削竹子（在那之前大家一起去找竹子）削完，我們要自己磨圓，我們還做了可以射東西的小竹筒，但後來，我們把它當成劍，玩了一陣子，要吃晚餐了，我們大吃大喝，

每道菜都不一樣，吃完，我們帶著手電筒去附近認識當地青蛙，但因爲黑漆漆的，我超怕黑的，所以我跟手電筒比較亮的人走在一起，看完之後我們回來寫學習單，寫完，就看個介紹影片，透過影片我們認識了他們，接著就去洗澡了，洗澡的地方離傳統家屋大約有五十公尺，我們走到那兒去洗澡，還不錯，我們都很滿意。

洗完澡我們就回去剛才附近的洗衣機丟衣服，這次是男生去拿，改天是女生去拿，男生拿回來後，我們大家又拍了一張照，拍完就去玩各自的了，玩了半個小時，就睡了，睡覺時，這裡的狗在外面汪汪叫，在狗狗的叫聲之下，我們就這樣進入夢鄉了，準備展開全新的一天。

放蝦籠前先烤蝦餌，蝦餌是貢丸

放蝦籠時抓到了一隻魚

## 第二天

因爲昨天的熱衰竭，我一直到今天都不敢亂吃東西，擔心自己吃了又吐、吐了再吃這樣很浪費食物。不過一起床後，整個睡意都消散了，我已經從病奄奄的變成一條活潑的龍了！不過我還是需要提醒自己不能太超過，不確定我的熱衰竭好了沒，一旦玩得太超過，到時後面的活動都不能參加，反而更加的可惜。早餐ina（阿美族俗稱已結婚的女性）煮粥給我們吃，所有人都吃很多，只有我吃一點點而已，他們還喝了很多仙草茶，我同樣只喝一點點而已，但是！他們玩了很多遊戲，我可是沒有少玩的唷！

上：我們、mama和蹦蹦阿車和美麗的山
下：往後幾天mama帶我們做了很多竹子的器具

早餐吃完之後，我們坐著蹦蹦阿車（阿美族用來運重物的車，因爲車子在行駛時，引擎會發出ㄅㄥˇㄅㄥˇㄅㄥˇ，所以叫它蹦蹦阿車）前往竹林，因爲車子一直震，震到我的屁股快開花了！過程中，我們還看到水牛，看到牠就覺得有點羨慕，只要每天懶懶的吃、懶懶的走、懶懶的睡，想幹嘛就幹嘛，想睡到幾點就睡到幾點，什麼事都不用做，但是這樣也是有缺點的，就是這樣的生活很單調，沒有其他特別的活動。後來想想那我還寧願當一個平凡的人，我現在呢，就是個名符其實的學生，但是我放學後可就不一樣了，我是去「共學」，而不是去安親班，長大後找自己喜歡的事來做，好像比較快樂。

回到正題，到了竹林，我們要先挑選適合的竹子，再找到適合的大小，那一大根竹子超～重～的。最後把它砍下來，但經過mama（阿美族已婚男性俗稱）和kaka（阿美族哥哥的俗稱）的幫助，我們終於順利完成砍竹碗的任務啦！就是要把自己需要的分量用鋸子鋸下來，然後這個竹碗就只剩下磨成平一點而已，接下來我們要繼續前往下一個不同種類的竹林採收竹子，是後面幾天要用的，大概有六種吧！有些大、有些小，有些摸起來粗粗的，有些則是很光滑。

採完所有的竹子，坐著蹦蹦阿車回到吃飯的地方吃午餐，ina又煮了好吃的飯給我們吃，我依舊只吃了一點點，大概幾粒米而已，那種感覺就像別人把你綁住，又拿鹹酥雞來誘惑你一樣，但我怕我把我所有吃進肚子的食物都吐出來，這樣ina會很傷心的，畢竟自己煮的東西被別人吃了又吐出來，是個很矛盾的心情，但是我當下也沒有別的方法，只能忍受肚子很餓，還好等一下是要睡午覺，可以藉此補充體力，下午才有體力可以繼續活動。

每次睡午覺時，我都不覺得想睡，等到睡午覺的時間過了，我才想睡，於是我想了兩個好點子，第一：強制把自己的眼睛遮起來，想著一件不可能發生的事情。第二：一直看著某個不會動的東西，不要想任何事情。我自己覺得第一個比較快也比較有效，剩下的就交給各位自行決定囉！

奇美傳統家屋，也是我們每天睡覺的地方

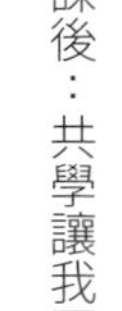

「哎呀！還好想睡喔！不想起來啦！」，「再不起床等一下就不能玩！我抓最後一個起來的！」一聽到老師的勸告，所有人馬上站起來眼睛睜的大大的看著老師，老師卻說：「耶～這招滿好用的嘛！」所有人就齊聲說：「喔～老師！你幹嘛騙我們？」老師只是不停的笑而已，而且愈笑愈大聲，我們也只好跟著一起笑，心裡想著：「我們好笨」接著翻個白眼，老師說：「開個玩笑而已嘛！又沒什麼？」而我們也只能接受老師的玩笑，因爲如果不接受，老師可能會來眞的，例如：今天的點心吃苦瓜！……之類的。

吹竹笛很需要技巧，我們學好久

製作小勺子

每一個器具都要鋸竹子，鋸鋸鋸～

這是我們的第一個鋸竹子的竹碗

回到早上工作的地方，我們開始做小竹槍，小竹槍的玩法就是用一個類似水管的一段竹子塞一小團濕的報紙，再用另一根小竹子快速往內戳，這樣就可以利用空氣加速度把小紙團發射出去，看可以射多遠，然後大家一起比賽。有一次我還夾到自己的手，超痛的！做完竹槍再來是做湯匙，湯匙就有點難度了，因爲必須從一個角度一次就給它切下去，而且刀子很大把，切到手，你的手指頭就會被刀子切斷！我們做完這兩個就很累了，因爲你不只要切還要磨，不然以後使用的時候就會割到嘴唇，這時，mama說：「你們還要不要做小杯子？」我們很堅定的說：「要！」mama擔心的說：「可是小杯子有點難耶！」過了3秒後，mama看到我們失望的表情說：「好啦！不然我幫你們做啦！」我們失望的表情馬上不見，而且開心地喊著：「YA！YA！太棒了！謝謝mama！」我們變臉變得超快的，現在回頭想，還眞不好意思，因爲我們有10個人，mama就得做10個小杯子。

不知不覺晚餐時間到了，我們在工作的地方都聞的到ina煮飯的香味，這餐我終於吃的正常一點了，吃飽了mama說要給我們看一個影片，是奇美部落的簡介，影片裡提到阿美族的祭典、生活、特色、文化……等的詳細介紹，看了眞令人震撼，令我印象最深刻的就是他們部落有分一定的階級，如果你對長輩（年紀比你大的人）不尊敬的話，就會受到處罰（嘻嘻～這樣就不會有小屁孩來鬧我們了！）這個影片也讓我更深入的了解阿美族的生活。我們準備去洗澡時，我問ina浴室在哪兒，ina說：「在那兒！」手指指向一個很暗的地方，我們大家同時看向那伸手不見五指的道路，我們都嚇死了，我們大家都還不敢去洗澡，只能邊走邊看天上的星星來解決這個膽量小的問題了啊！

## 第三天

熟悉的聲音又從耳邊傳來，這種聲音是我最討厭的，也是最喜歡的「鬧鐘聲～」，喜歡是因爲它代表著新的一天的開始，討厭則是由於它每次都擾人清夢，討厭有時是無法避免的，是每天必須經歷的，雖然不喜歡，但必須接受，而且好吃的早餐正等著我們呢！

傳統家屋的裡面，冬暖夏涼，沒有冷氣喔

到了吃早餐的地方，看到桌上的鋁箔包飲料、小包子、水煮蛋，口水都流出來了，雖然有飲料，我卻看到一個令我永生難忘的口味，叫做「芋頭」，這個口味是我最討厭的，我看到這個口味的一剎那，讓我想到之前我去另一個旅行時某一天的早餐，我吃芋頭粥吃到快吐了！當時還因爲不好意思說，所以吃了兩碗！

桌上擺著的芋頭牛奶比其他飲料還要多，因此必須用猜拳來決定你想喝的，結果……我竟然輸了！我當時非常難過又很生氣，我最好的朋友雅晴猜拳贏了，卻好像沒有把我當朋友一樣，自己開心自己的，雖然，這是她自己的權利，但是她竟然破壞了我們朋友之間的規定，我們最初決定當朋友時，我跟她都說過：「朋友之間就是要互相幫忙，不能自己贏了就開心自己的，而不管對方」她不但破壞了規定，還在我傷口上灑鹽，連老師都在旁邊說：「你看！沂芳已經要崩潰了！哈哈……！」我的眼淚正準備滴下來時，老師突然說：「好啦！好啦！拿到芋頭牛奶的，如果你不想喝芋頭牛奶，你們就去問ina可不可以換一種飲料？」太好了！ina竟然給我們喝可樂，雅晴說：「蛤～我也要喝可樂！」老師馬上反駁，狠狠地說：「NO！」我就心裡超級開心的！她拿了她要的，卻沒管我，而我也拿到了我想要的，她就反過來羨慕我！

整個早上，我們坐著蹦蹦阿車去採集各種不同的野菜，採完就在外面煮火鍋，狠心的老師還偷偷放了山苦瓜葉，等我們全部吃完才跟我們說，難怪我喝湯時總覺得苦苦的（苦

瓜葉具有治胃痛的功效），它在放進你的嘴巴的那一刻是甜的，但只要超過兩秒它就會變成苦的，你一開始會以爲是什麼甜甜的菜，吃到後面會感覺怪怪的，甚至澀澀的。吃完午餐，睡完午覺，一天就快過去了，但是還有兩個精彩的時刻，一個是下午的爬檳榔樹，另一個我就不說了，等各位繼續看下去喔！

竹刀很利，利到可以切豬肉

芳爬得很高，可以和老師PK了

檳榔樹超級難爬，怎麼爬都還是在這裡

爬檳榔樹聽起來很簡單，但是爬起來卻很難！我們總共有11個人，可以爬上檳榔樹一半高度的人也只有4個而已，能爬到頂的也只有kaka和mama而已，只要你爬的姿勢和出力方式不對，你就永遠爬不上去，因爲爬的方法是拿一條像一個圈圈的繩子，套在兩隻腳上，用繩子加雙腳的力量，一往上跳，腳就要卡住樹幹，慢慢一步一步往上，所以沒辦法卡住樹幹的人，就會爬不上去。我們還跟老師比賽，只要爬到跟老師一樣高度，就可以吃冰棒，很努力但上不去的可以喝鐵鋁罐，沒努力的只能喝10元飲料，我居然很順利的爬到跟老師一樣的高度，雅晴就在旁邊說：「哼！沂芳每次學什麼東西都學很快！而我都不行！」我就心裡想著：「誰叫你都不認眞學！」雖然我們愛吵架，但是叫我們分開我們也不想要，畢竟都相處那麼久了，俗話說：「越吵越要好」就是在說我們，因爲吵架越多次，你就會越了解對方。

一眨眼就來到了晚上，老師突然說了一句沒頭沒尾的話：「今天有流星雨！」我還來不及反應，Oreo老師就很大聲的說：「眞的嗎！」嚇得我都起雞皮疙瘩了，我們爲了幾十年才有機會看一次的流星雨，加上我們所在的地方沒有光害，可以清楚的看到流星雨，努力撐到12點才睡，我總共看到16顆，但很多都因爲太快而沒許到願，眞是太可惜了！



## 第四天

今天是要跟奇美部落說再見的一天，這一天我們比較晚起床，我們各自拿著水壺，慢慢走去吃早餐的地方，但是，當我們一看到他們上的菜，大家都把水壺放下，跑過去洗手，光是早上的餐點就可以滿足我們的肚子，大家都在搶飲料，這時，聰明的老師大喊：「停！」，老師說用猜拳的方式分飲料，有一瓶奶茶、三瓶葡萄汁、二瓶柳橙汁等，但是，等大家分完後，有一些人拿到自己不喜歡的飲料，結果，mama竟然從廚房拿出汽水！全場驚呆，所以那些不喜歡原本飲料的人，變成了大家羨慕的對象，也算是覺得自己很幸運且知道自己喜歡的。

選完飲料，桌上還擺著：饅頭、蛋和薯條，我認爲都很好吃，吃完大家就回去拿水壺，準備要去做「芒草包」，做芒草包前還有小杯子，都是用竹子做的，十分有特色，做完杯子後，要分三組做芒草包，但是沂芳因爲喜歡可紜就跟可紜一組，但我也想跟可紜一組，敦宜（另一個中年級共學同學）想跟有效率的人一組，不想跟她妹一組，沂芳硬要搶就直接坐下去，不在乎我的想法，每次她都跟可紜一起，而我則在旁邊看跟陌生人一樣，這讓我很傷心，然而，我只能跟最沒效率的人一組做芒草包。

我們這組在做時敦宜她妹因爲被割到了，就停下來一直不做，連碰都沒碰，還一直叫我們快一點，讓我很生氣，而另一個人一直做錯步驟，讓我超生氣。不久，沂芳她們那組最早完成，我們這組最後完成，沂芳還在旁邊炫耀，讓我火冒三丈，我在想，今天是來奇美部落的最後一天，應該要快樂才對，我卻火冒三丈，所以我馬上靜下心來，平靜心情。接下來，就要去收我們第一天放的蝦籠，這次過去，沒有下雨，反而是大太陽，讓我們都很開心，我們在蝦籠裡看到：蝦子、螃蟹，但螃蟹只有一隻，蝦子有很多，收完蝦籠，mama爲了讓我們去玩水，幫我們拿蝦籠，實在是太有愛心了。

我們在玩救人遊戲，老師拉著我們，假裝溺水了，其他人要去拉他，然後有些人在旁邊玩自己的，就像我跟沂芳和敦宜，我們在旁邊玩走來走去，我們會先蹲下來摸地板，看有多深，到不行時，我們就會停下來，往前走三步，然後坐下來或是在那裡走一走，老師還有幫我們拍照，大家坐在一起圍個圈，但是，我們圍的圈不像圓形，也不像橢圓形，跟畸形一樣。

最後的盛宴，石頭蝦、芒草魚

我們去秀姑巒溪玩水～

圍完圈，拍完照，我們就上岸了，上岸後我們還在走路時一直灑水，把每個人的水壺都用到沒水了，大家也同樣灑得很開心，回去後已經中午了，mama在煮麥飯石，麥飯石耐高溫，可以拿來煮東西，我們拿去煮蝦子。煮完後，大家分著吃，大家都吃得津津有味，吃完，我們跟當地小孩聊起來了，還一起去玩狗狗。

最後，還是得道別，大家整理行李，準備離開奇美部落，奇美部落讓我們發起新的觀念，大家本來都很不想去，因爲不像家中一樣舒適，我們原本也覺得部落很可怕，但現在我們認爲它是一個可以讓人放鬆、緩解心情還可以順便體驗當地生活的地方。

跟大家道別完後，我們也該走了，我們永遠不會忘了這個「聖地」。蔣老師也將我們送到下一個地點了。那地方叫做「黑皮森林」。

那裡面超級豪華，但不像飯店，它是民宿，裡面帶有一種悠閒、野餐的感覺，等我們逛完一遍後，我們開始選房間了，我們決定要用抽的，我抽到三樓的房間，也抽到我想要的，大家都抽到各自想要的，接下來就是床位，因爲每間都有四個人，每間都有：一張雙人床、一張單人床和一張沙發床，我們決定了很久很久，結論是我睡在沙發床，沂芳睡在單人床，其他二人睡在雙人床，大家選完床位，就拿著水壺去吃飯了，老師介紹一家附近的小吃，叫做「綠茶肉圓」。吃完就回去了。回去就先洗澡，我跟沂芳跑去老師房間洗，另外二個低年級在房間洗。大家洗完便開始玩起枕頭戰，玩完立刻就睡著了，結束悠閒的一天。

## 第五天

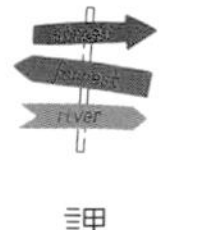

準備要離開這超豪華又舒服的民宿了，我絕對會把你（民宿）刻在我的腦海裡！永遠記得的～可惜啊！我們可能沒辦法再來第二次，因爲那裡太遙遠了（在花蓮瑞穗鄉）。開開心心的去，也要開開心心的回來，最後一天了，也沒什麼好玩的，所以老師說今天是耍廢日，我們聽了都超級開心的，因爲老師平常是不會隨便給我們耍廢的，因爲如果把時間用來浪費，那還不如做一些有意義的事情，更何況還是完整一天的自由時間。

一起床，我們都很快地爬起來，就是爲了多一點的自由時間，多一點的玩遊戲時間，換完衣服大家都馬上飛奔出去，每個人幾乎都拿著一瓶民宿提供的礦泉水，匆匆忙忙的跑出門外，而慢慢地走去早餐店，在早餐店，點完了自己想吃的，餐也送來了，卻發現我的蛋餅上充滿了超級多的醬油，我從吃早餐前到吃早餐後，我整整喝了三分之二瓶礦泉水，我吃得超級撐的，就因爲老闆加太多醬油，我明明說「一些些」就好，但老闆卻加了「超級多」，我覺得超～鹹，鹹到都要去洗腎了啦！

下山後我們入住黑皮森林

一回到民宿，我們就決定要玩藏鑰匙，但是因爲很怕不見，所以玩到後來我們就都不想玩了，於是我們改玩警察抓小偷，講規則時，我根本沒聽清楚，我問了他們也不回答我，雅晴只說：「等一下再跟你說」我就回：「好，那我在房間等你」結果我在房間等了很久，她都沒來跟我說，我就開電視看，當我看得正開心時，老師就把我叫去樓下，我到樓下時，全部人也都在那裡，我問他們怎麼了，老師給了一個眼神，表示「你可以說了」的意思，雅晴說：「你們玩一玩就都跑去看電視，都直接不玩了！那你們是來這幹嘛的？！」她講著講著都快哭了，我趕緊補充：「剛剛你不是說你要上樓來跟我說遊戲規則，我問你，你又不說，我不是跟你說在房間等你，講完規則就一起玩嗎？」老師說：「那除了沂芳以外，其他人呢？你們是來看電視的嗎？要看電視家裡就有了，幹嘛來花蓮看？那下次都不要來旅行了，都待在家裡就好了啊！是不是？」大家都說不出話，老師又說：「那你們到底還要不要玩遊戲？你們自己討論。」看著雅晴都快哭了的分上，我就來幫忙詢問一下，所有問題都問完以後，老師說：「你們剩下……半個小時喔！半個小時之後就要去吃午餐了，吃完午餐就要回家囉！」雅晴忍不住一直唉聲嘆氣，我馬上安慰她說：「沒關係啦！我們趕快開始玩啊！不過要先想要玩什麼？」吵完架以後終於能夠好好的玩遊戲了，不過等到我們說好可以玩的時候，只剩下10分鐘了，講完規則時只剩下5分鐘了，眞正玩的時間只有5分鐘，眞可惜，如果沒吵架就可以玩整整一個小時了。

不過我們還是吃了好吃的拉麵，離開前大家都依依不捨的許了一個願望，就是希望能夠再來黑皮森林一次，因爲那裡實在是太好玩了，我們還拿了很多昨天晚上已經事先冰到冰箱裡的冰水，開開心心的前往火車站坐火車。

又到了無聊的過程，坐火車是最無聊的事了，我們只能睡覺、喝水、上廁所、吃東西、玩牌，超無聊，就算我們玩牌，撲克牌能玩的也只有那幾種，我們的確玩了撲克牌，但我們玩大老二玩到超級膩，玩到我們每個人都很累，所以最後根本是在睡覺，我們也把所有能做的事都做過一遍了，雖然我很喜歡坐火車，但我喜歡的點在於坐火車就像一個出遊的開始，而不是沒事做、很無聊，我很不喜歡「無聊」的時刻，因爲，無聊就代表你沒有事可以做，當你沒有事可以做時，你就會花費很多的時間在想你要做什麼？我最後想到了一個很好的方法，當你覺得很無聊時，你可以拿一張白紙，畫下你現在的心情、窗外的風景，不知不覺，時間就會變快囉！我覺得這趟旅行對我來說是個很特別的體驗，這是我第一次爬檳榔樹，也是我第一次砍竹子，更是我第一次體驗阿美族的生活，非常的特別，因爲不是每個人都有時間去「奇美部落」玩的！也很感謝帶我去的老師以及部落爲我們服務的原住民朋友們，願意教我們一些我們不知道的知識。

## 老師手札

旅行對於孩子來說有許多挑戰，因爲沒有父母的陪伴、沒有熟悉的環境、不是走進一個非常優渥或是舒適的空間，對於家長來說更是一個挑戰，因爲需要信任老師、信任孩子，當孩子離開舒適的家，背起旅行的背包遠離自己的居住環境，身爲父母，心中除了擔憂，還有更多擔憂。

透過每一次的旅行，都看見孩子們很多的成長，從第一次簡單的旅行兩天一夜再到五天四夜，這樣的過程，孩子們一次次的成長，從文字看見孩子們在旅行過程中會有很多衝突，孩子需要學習如何面對自己的情緒、面對人際關係的問題，記得孩子面對不知道怎麼辦的衝突時候，想到第一個方法就是「不要再跟他玩了」，這是孩子認爲最簡單、最直接的方式，但是，如果每個衝突都這樣處理，我們孩子的人際關係是不是到最後剩下的朋友都只是會負責「討好」的假朋友呢？每一次旅行除了精彩的活動，更是精彩的人際關係磨合，兩姐妹從冤家變成閨密，這過程就是一次次的對談、開玩笑、碰撞，沒有誰對誰錯，我們彼此都在學習適應彼此。

旅行讓孩子們成長，漸漸獨立，這個獨立是孩子懂得如何照顧自己，洗澡、刷牙、吃飯、心裡的情緒、朋友之間的衝突、學習新的事物、看見世界不同的一面，這是孩子們旅行的樣貌，和自己的父母旅行有一種味道，離開父母跟老師去旅行又是另一種味道，長期這樣跟老師的互動，成爲一種情感，情緒得以延續，議題有辦法延伸，在孩子生命中撒種，我們都在不同的時間點看見種子發芽。

PART3
翱翔天際
street
forrest
river

# 15. 共學生活

沂芳

你對於「安親班」和「共學」的印象有什麼不一樣的地方呢？你覺得安親班都在做些什麼呢？那共學都在做些什麼呢？安親班的好處就是讓成績變好、功課寫得快、寫得對、爸爸媽媽上班時間安親班老師幫忙顧小孩順便盯功課、補習，但是你的自由時間會比較少，隨時都在寫評量，而共學就不一樣了，所謂的共學就是老師和學生一起學習，並且在每個禮拜三做特別活動，例如：去科教館、攀岩、彈翻床、爬山、騎腳踏車、去特色公園或是上自然課，寒暑假也會去旅行，有時候會自己安排寒暑假要去的地方和行程。

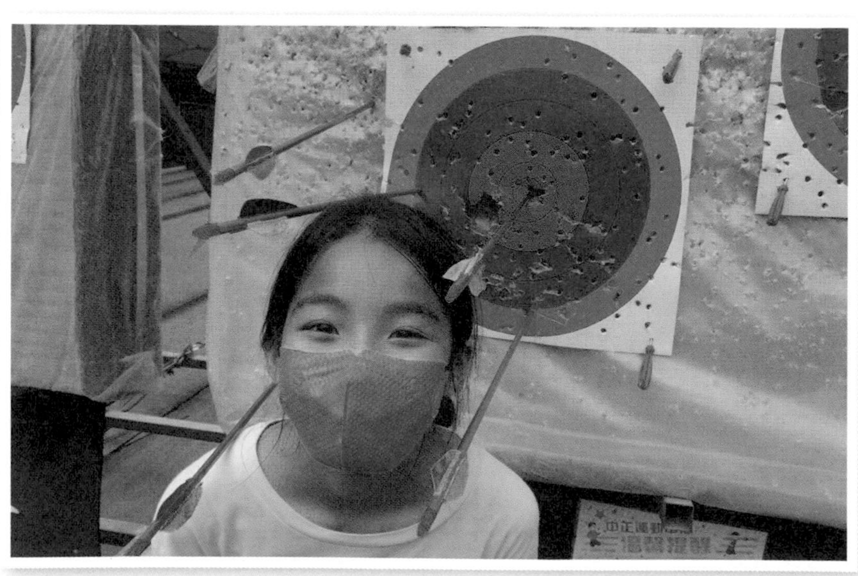

射箭

過年寫春聯

平常寫完當日的功課，就會做不同的活動，但如果你因爲來共學而成績變差、功課退步或功課寫得太慢，那老師第一步會先提醒你，再來會出考卷給你，最後就會跟你的家長說，並且把你送去安親班。在這裡，你可以跟共學老師說任何你覺得開心、難過、生氣的事，你覺得你想說出口的事都可以說，你也可以分享你在學校發生的事，大家都不會笑你，只是你不能太誇張就是了（不傷害任何人、破壞公物），我們每個星期四都會上英文課，如果沒寫完功課就不能回家，畢竟課業還是學生的本分，當然不能因爲貪玩而不顧功課。

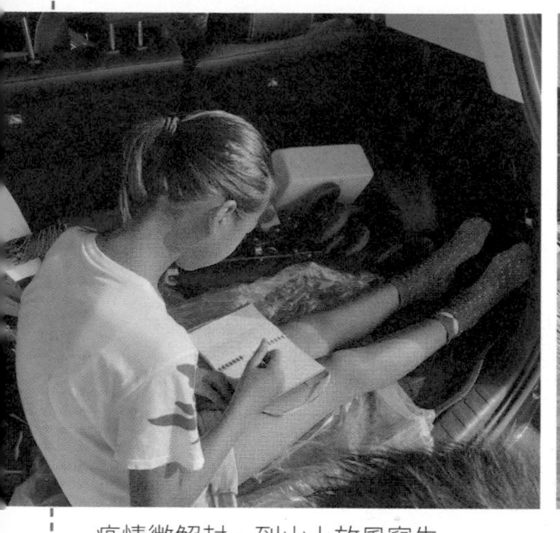
疫情微解封，到山上放風寫生

手工麵線一日體驗

你們有最好的閨密嗎？你們有和最好的閨密「吵架」過嗎？你們知道吵架的心情是什麼嗎？我一年級時曾經和我的最好閨密吵過一次最誇張的架，吵到我當時都不想跟她做朋友了，就是只要每次我拿到好東西或好吃的食物，我的共學同學雅晴都會跟我要一點，當我不想要給她時，她就會用威脅的方式來得到她想要的東西，連跟她最親的妹妹都會這樣，但是因爲我們那時候都還小，不懂得說出來，也不懂得體諒別人的感受，更不懂什麼是「威脅」，所以才會發生這起衝突，畢竟她是跟我從小到大的朋友，我一直都很相信她，也很願意分享給她，俗話說：「吵越多架，感情就越好」我們就是經歷了這一切，才有這麼美好的今天。

我每次都會先跟她說：「可是這是我的，我……沒……沒有很想借你耶……」然後她就會很生氣的說：「那你就不要當我的好朋友啊！我們以後就自己玩自己的。」講完這句話，她就會哼一聲然後轉身就走，再加上一個看了就讓人討厭的臉，每次當年幼的我看到這一幕時，我的心裡就會冒出好多問號，我就會想她會不會不理我？因爲我很不喜歡別人不理我的感覺，她會不會以後就眞的不跟我玩了？我會不會因此而失去這個朋友？……等等好多個問題，所以我就給她了，回家我去問媽媽，我說：「媽媽，我今天拿到一塊餅乾，但是雅晴說她要所以我就給她了，但是……我自己也想吃……」我邊哭邊說，媽媽就說：「你有眞的想給她嗎？如果你不想給就不要給她，因爲那是你的東西不是她的，你是這個東西的主人，你有權力自己決定你要不要給她，你選擇不給她也沒關係因爲那是你的。」我就驚訝又有點疑惑的說：「可是，她說如果我不給她，她就不當我的好朋友，我不想給她，但是我還想做她的好朋友。」由於我每次都跟媽媽說一樣的事，媽媽就跟小強老師（共學的老師）說明情況請老師協助，因爲如果長期做威脅的動作就會構成「霸凌」，「霸凌」有分很多種，分別是：關係霸凌、言語霸凌、網路霸凌、性霸凌、肢體霸凌……等，「威脅」就是一種「言語霸凌」。

自從這一次的事件，只要我們冷戰一段時間後，就會莫名其妙的自己寫紙條問對方可不可以和好，不知道爲什麼我們就自然的接受對方的提議。這樣的模式久了就變成了永不分離的好閨密，而我們不再被彼此影響，就算有再多的爭執、就算她哪天跟我吵架，我們還是最好的朋友。

## 老師手札

從孩子的視角來看待共學眞的滿有趣的，共學的面相很多，簡單說在整個過程就是老師、學生、家長一起參與學習這段旅程，活動則是一個媒介，在共學當中最常出現的是對話，爲何、是什麼、我很好奇……等等這些詞彙常常環繞在這些活動裡面，來探索孩子之間的形形色色。

人際關係是一門沒有辦法單獨獨立出來的「科目」，我們常常與人發生衝突，但不知道如何表達溝通，常常孩子們之間衝突之後，會變成要解決一件事情，好像要來當一個審判官，究竟誰是對、誰是錯？但客觀來說，老師也沒辦法客觀地表達到底誰對誰錯，因爲每個孩子做事的出發點、動機都不一樣，雅晴和沂芳是天差地遠的性格，初期她們常常都爲著大小事情在鬥心理戰，沒有說出來她們內心其實眞的很想跟對方「成爲好朋友」，透過每一次的爭吵，老師的角色就是協助她們講出心裡話，對於這些心裡話慢慢引導到背後最深要表達的意思。

當孩子們之間看見對方原來最後要表達的意思就是「我想跟你成爲好朋友」的時候，大家的怒氣、委屈都慢慢不見了，兩個孩子六年過後，從冤家變成閨密，這就是一趟非常好的旅程。

# 16. 送一個溫馨的便當——街友送餐

沂芳

不知道大家有沒有聽過「飢餓三十」，所謂的「飢餓三十」就是體驗饑餓三十個小時，只能喝水，但我們還是有些地方小偷懶，原本正常的規定是不能喝運動飲料、果汁、汽水等會容易有飽足感的飲料，但我們還是有喝這些東西，畢竟才體驗兩次這種活動，難免會忍不住想吃想喝，第一次，我們只是玩好玩的而已，老師給我們一張地圖，上面畫了路線和取水點，我們拿著募款箱到地圖上取水點的附近到處募款，還跟議員的秘書直接拿到1000元，回來之後，數完錢有多少之後直接捐給世界展望會。

飢餓三十任務，準備出發去街頭募款

每次和陌生人開口時都很需要勇氣

一百個便當很壯觀吧！我們要出發囉

第二次就跟第一次大不相同了，讓我來介紹給你們聽吧！我們做了一個飢餓勇士的牌子，上面會寫著「飢餓中……我們還剩（　　）小時」（小時數會跟著我們剩幾小時才能吃東西而改變）並且畫一些圖示，我們還分成中年級一組、低年級一組，分成兩組的原因是因爲，分兩組就會有兩組同時進行募款的動作，同時進行就會有比較多的錢，我們最終募款的目的就是想要去台北火車站送100個便當給睡在車站旁的街友。

募款當天我們跟第一次一樣，老師先給我們兩組地圖，選我們要先走哪條路線，到取水點附近之後，我們就在看哪一邊的店家比較多，老師就一直跟我們說：「哎呀！你們就

感謝梁社漢和我們一起做愛心，給我們折扣

把這難得一次的機會讓給低年級嘛？我們又不是在比賽哪一組募到最多錢？你們很奇怪耶！他們是第一次，而且比你們小，才一年級而已，又沒什麼經驗，就讓給他們幾次是會怎樣啦！」我就說：「好好好，都給你們啊！」嘴巴說的很好聽，心裡想的很負面，雖然我們走比較少店家的那一邊，但他們說話的技術還是比不過我們這些都練習幾百次的姐姐們，我們一路上雖然很餓，但是我還是不想說出口，因爲越說會越餓，而且說了也不能吃什麼東西，還是只能等待小時數越來越少，只能想著不會餓、不會餓、不會餓……，我們坐捷運時還看到別人拿著雞排，雞排的香味一陣陣的飄進我那敏銳的鼻子，我差點大聲的喊：「我要吃雞排～」，但還好我忍住沒大聲地喊出來，不然就把我的面子都丟光了。

一轉眼，三十小時就過了，我們終於可以吃食物了！透過「飢餓三十」可以讓我們知道自己跟沒食物吃的人的差別與感受，就是因爲某人很愛挑食，所以老師和家長特地爲我們舉辦這個活動，讓我們知道沒食物吃、饑餓的感覺有多痛苦！這次我們總共募款到11,020元，我們花很多的時間在找要選哪一家便當店，要送給街友的晚餐，最後，超好心的「梁社漢排骨便當店」讓我們訂的便當從原本100元便宜15元，變成85元，讓我們還能多買水果送給街友，還幫我們把那100個便當送到台北火車站，我眞是想跟「梁社漢排骨便當店」說一千萬次感謝再感謝，因爲我們問了好幾家便當店，都沒有人說可以讓我們便宜那麼多錢，也沒有其他家店說可以讓我們一次買100個便當，還有店家說：「就算你們訂200個便當價格也不會變」這讓我們心碎了。

我們將募到的款，買了一百個便當送給無家者

一百個便當一下子就發送完畢



到了送餐的日子，我們一到車站就看到已經跟我們約好時間的「芒草心」（芒草心是一個專門爲街友服務的慈善團體）的工作人員和我們訂好也送到的100個便當，我的腦中漸漸浮現我們在送便當的樣子，想像著我們和街友的互動，想像著我送便當時的心情，想像著我送一個溫馨的便當，卻又突然冒出我以前對街友的印象，他們那骯髒的樣子，他們那暴動的情緒，他們那堆滿一路的行李，全都是壞印象，我馬上覺得很緊張，怕他在我給他們便當時欺負我。但是，我參加完這個活動時才恍然大悟，發現這些我對他們的印象都不是他們自己願意的，都有背後不爲人知的故事和原因，當時我對街友的印象馬上轉變，從覺得他們骯髒，到我知道這些不是他們願意的，一切都多虧了這個活動，我也希望大家可以有所行動，和我一起幫助他們，相信你們也會從過程中改變你們對街友想法。

## 老師手札

第一次飢餓三十體驗的時候，我們只是在網站上操作將我們募款的款項捐給「世界展望會」便結束了這個體驗；第二次的體驗，老師們討論著，是否可以有更深入對社會議題的連結和認識呢？於是想起之前「街友送餐」的活動，因此連絡了「芒草心」，我們將我們的起心動念和他們分享，也告訴他們我們希望帶著孩子一起認識街友的議題和參與「送餐」的行動，我們開始了與「街友」議題的活動，第一站「1.眞人圖書館」，第二站「2.街遊Hidden Taipei」，第三站「街友送餐」，我們帶孩子一步一步認識街友的議題和現況，他們前二次的導覽老師都是『賈西亞老師』，所以孩子們對他不陌生反而更加熟悉去認識，其實很多街友和他們想的不一樣，他們更看見且聽見了生命背後更深的故事和難處。

在送餐前，社工先和我們一起分享等等需要注意的事項，孩子們小心翼翼地聽著，也擔心自己的眼神或行爲無心冒犯了街友，在發送便當的過程中，孩子們充滿笑意和禮貌，他們得到街友叔叔阿姨的一句句感謝和肯定，有人說：「你們從小就能這樣做愛心，眞的很棒」、「謝謝你們，今天的便當好好吃」、「請問便當還有嗎？我才剛下班」，我們帶著孩子一起經歷這些過程，他們在送餐之後的反饋中我們聽見了他們心裡的漣漪，他們分享自己的五官感受「聞到臭臭的味道、看到很多有吊牌排整齊的行李袋、有人的指甲很黑很長、有人有去工作不是只是生活在路邊而已、很多街

友都很有禮貌很友善、街友沒有想像中那麼可怕、我覺得我們很幸福，能有家和床可以睡覺休息、我們需要珍惜現在擁有的……等等」。我想不論富貴貧窮，最重要的是我們對這世界的需要都有一份善意與善良，這些都是在他生命中重要的成長元素。

註：

1. 真人圖書館：由芒草心的社工及街友老師來分享他的故事，每個人都像一本書，裡面寫著自己的生命故事，希望讓更多人聽見不同的街友故事。
2. 街遊Hidden Taipei：台北的徒步導覽活動，是由街遊的導覽員（都是曾經或是現在在街頭流浪的人們），漂泊的人生和街頭求生的經驗讓他們有不同於一般人的視角，帶人們一探台北的另一面。

# 17. 剩宴・盛宴？

沂芳、雅晴

## （一）沂芳視角

這天，老師說要來體驗「剩食」，說到剩食，你知道什麼叫剩食嗎？所謂的剩食就是例如便利超商裡都會有打七折的食物「友善時光（全家）」、「i珍食（7-11）」，因為快要過期，但賣不出去，所以才會打七折，又或者是有些小農種出來的蔬果因為運送過程有些碰撞，所以不好看，而消費者都會選擇相對比較好看的、沒有受到碰撞的蔬果。

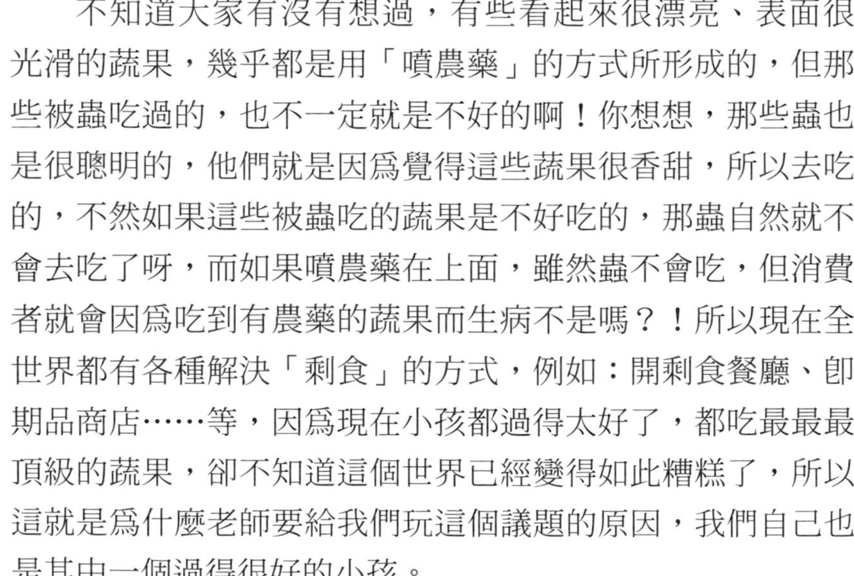

不知道大家有沒有想過，有些看起來很漂亮、表面很光滑的蔬果，幾乎都是用「噴農藥」的方式所形成的，但那些被蟲吃過的，也不一定就是不好的啊！你想想，那些蟲也是很聰明的，他們就是因為覺得這些蔬果很香甜，所以去吃的，不然如果這些被蟲吃的蔬果是不好吃的，那蟲自然就不會去吃了呀，而如果噴農藥在上面，雖然蟲不會吃，但消費者就會因為吃到有農藥的蔬果而生病不是嗎？！所以現在全世界都有各種解決「剩食」的方式，例如：開剩食餐廳、即期品商店……等，因為現在小孩都過得太好了，都吃最最最頂級的蔬果，卻不知道這個世界已經變得如此糟糕了，所以這就是為什麼老師要給我們玩這個議題的原因，我們自己也是其中一個過得很好的小孩。

我們在即期商品店買了一些食材

我們一共去了三家剩食商店，我們去的第一家都只有零食或泡麵，所以我們就只買了點心。到了第二第三家才有比較正常的食物，我們買了：蘿蔔糕、丸子、麵條……，也去剩食冰箱拿走一些快過期的食物，最後我們湊合這些剩食，煮了創意料理的咖哩丸子麵，雖然是剩食，但經過認眞細心的料理，這些食物依舊非常好吃。

## （二）雅晴視角

什麼是剩食？剩食就是人們吃完後，所剩下的食物，或是在某個場所中，已經快過期的食物，例如：便利商店、超市（家樂福、市場和飛機上的餐點、吃到飽餐廳，每當我在便利商店中挑食物時，就會看見有些食物上面標的有效期限快到了，所以這樣的商品會特別的打折，因爲他們可能覺得賣出去不僅可以賺錢，還可以快速銷售出去，且不會浪費食物。但其實，大家都以爲剩食就跟廚餘沒兩樣，實際上，剩食跟廚餘不一樣，廚餘是人們吃過的，人們吃不下的東西搜集起來之後給豬吃，而剩食指的是快過期的食物，但是還可以吃的，所以大家別誤會喔！

上：找到了有剩食冰箱的地方去尋找食材
下：雖然有很多食材，但我們只拿了我們當餐需要的食物

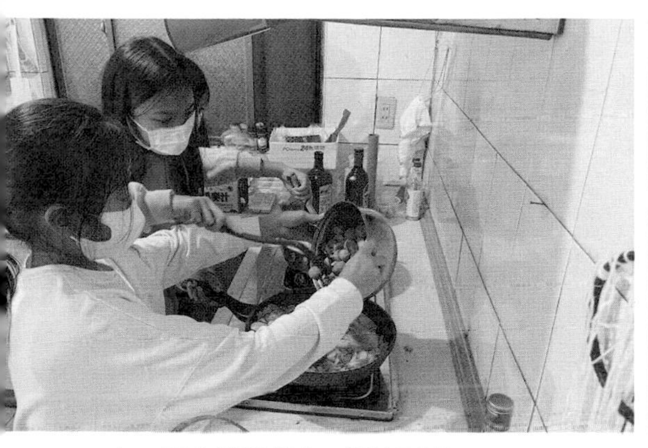

左：回去後我們分工開始下廚
右：這餐午餐吃得很滿足，「剩食」也可以吃得很「盛宴」

自從我體驗了這個活動，我就心想：「原來我平常浪費了這麼多食物、原來食物可以這樣儲存，我不應該再這樣浪費食物了，我應該吃多少拿多少或是食物來了，盡量把它吃完，這樣才不會有剩食。」，不知道你也會這樣覺得嗎？我其實都只有聽過別人這樣說，我從沒有做過這種事。當我去了卽期商品店時，我就看見好多食物，有很多我很想吃的，可是因爲沒人買或快過期了，導致被送來這裡，我看到貨架上已經堆積如山了，但是後面還有好幾車剩食，因此我們這次來卽期商店的目的是要買剩食，讓這些剩食成爲我們的午餐。我們首先去了雜貨類的店買了主食，又去了冷凍卽期商店買了配料，還跑去了剩食冰箱拿一些別人剩餘的食物，我們再回去煮，結果，我們煮出了超級好吃的「咖哩麵」，裡面加入了許多配料。而且我們煮了一大碗，因爲我們有很多人，大家都可以分著吃，而且卽期的商品都比較便宜，這一餐也替我們省了非常多的錢。

我覺得，我們不僅買了即期商品，還煮了「極其好吃」的咖哩麵，這讓我感受到當我們這樣做，儘管只有付出一點點的貢獻，特別來找即期品，但最重要的是，我們是有心做跟有心體驗。但是，如果有剩食商店和現在的食物，你會選擇哪一邊？如果真這樣，你會像我們這樣做嗎？

## 老師手札

記得孩子們非常挑食，面對挑食的議題，總有討論不完的作法跟要教育的孩子態度，不過我們也希望帶著孩子不只是了解現況有多幸福之外，也需要了解食物對我們已經豐富到奢侈的地步，常常看見孩子們有時候吃午餐，會挑三揀四，回到家中，會要求父母「買」或是「指定要做」某個料理，不禁也想了一下，孩子該如何體會食物對於現在我們的環境，其實應該需要的是珍惜呢？

也透過這樣的活動當中，看見孩子對於剩食其實很有感受，當我們把這些剩食吃進肚子裡面的時候，孩子最真實的感受是，他們也正在做一件對這個社會有意義的事情，也體驗到食物的寶貴，下一次，他們也許會挑食，但是已經學會把食物好好的享受完畢。

# 18. 寒假遊趣

沂芳、雅晴

## 南投的鄉間——阿祖家

第一天，我們要去共學同學的阿祖家。阿祖家在南投埔里，我們一早就集合去捷運站搭捷運，到台北車站轉火車去埔里。因爲新冠肺炎，在火車上都不能對話，所以出發前我們女生聽到這個訊息，都帶了自己的筆記本和筆，我們坐在一起傳紙條，傳一傳不知不覺就到了，我們所有女生都很驚訝時間過好快，因爲我們傳得太開心了！下車後，到樓下上廁所，我這時候才發現只有我跟我妹妹用包包裝行李，其他人都是用行李箱，但因爲在淡水隊自己的行李要學著自己準備，當然也要自己負責拿，所以我和妹妹就把我們所有的東西塞進後背包裡，這樣上下樓梯就不用搬來搬去了！

我們在車站附近吃完午餐就前往租車的地方。因爲去朋友阿祖家大概從火車站出發要半個小時左右，所以我們就在車上玩起遊戲來了，老師提出玩「不能說你、我、他」的遊戲，於是我們玩起來了，有些人都不說話，有些人會一直對話，陷害別人說出來你我他，自己則要小心說話。每個人的說話技巧都不一樣，在這其中老師中計最多次，後來老師也想陷害我們，就一直出招，此時，我們當中就有人一直中計，我們爲了幫那個人，所有人都一起出招，老師就中了十幾次的計，讓我們哄堂大笑。玩完遊戲很多人都睡著了，我們就這樣睡到我們的目的地。當我們到了的時候，老師就把我們搖起來，老師就說：「起床了！起床了！我們到阿祖家了！」我們就說：「蛤？到了？這麼快？」，我們一臉驚訝。

抵達後，當老師打給阿嬤時，阿嬤說：「因爲同學前幾天感冒了，所以我帶她去看醫生，大概還要二十分鐘」，我們全部人心裡都在想：「呃……我們這不是又要等三十分鐘嗎？」，這時候老師突發奇想說：「我們去鯉魚潭走一走，又近又好玩！」，大家立馬同意，就這樣，我們前往了鯉魚潭。

我們還去日月潭騎腳踏車

我們第一次來到甘蔗園

砍甘蔗也是很費力呢



到了之後，我們就快速的下車。我們一下去就說：「哇！空間好大呀！一定很適合玩遊戲！」結果，老師說：「這裡是停車場，玩遊戲很危險，會有車子來來去去，而且我們難得來鯉魚潭，一起去逛逛看看有什麼好玩的」雖然我們十分失望不能玩鬼抓人，但我們逛了逛鯉魚潭還是覺得很好玩，有很多東西可以玩，那邊還有搖椅，我們就在搖椅上搖了一段時間，因爲太舒服了，我們就不知不覺的聊起天來，是一個很放鬆的時間。不久後，阿嬤通知我們說她們到家了，於是我們就出發去阿祖家。

到了阿祖家我們先進去參觀、鋪床單和放行李，然後前往阿祖家的農田摘水果以及參觀田裡的果樹。我們分完組，阿嬤就給我們每一組一個袋子，拿來裝水果用的，我們每次摘水果時，每個水果上都有螞蟻，這證明這些水果都是沒有添加農藥的，所以螞蟻很喜歡來吃，但因爲有螞蟻所以我們不太敢摘，但是我們看阿祖和阿嬤都沒在怕的，所以我們也鼓起勇氣去摘水果，我們摘了很多水果，有各式各樣的水果，有橘子、龍眼等，摘完水果我們就憑記憶按照原路走回去。

當我們到了的時候，我們所有人都在想，我們吃完飯，誰要先洗澡，我們有分男生一組、女生三組，我們排完順序之後，先洗澡的去洗澡，其他人準備好梳洗衣物後就先去玩，但是因爲阿嬤說：「阿祖通常八點多就睡了，所以玩的時候要小聲一點。」，所以我們就小聲的玩。當大家洗完澡之後，因爲有一個一年級小男生動不動就笑太吵了，害我們要提前睡覺。我們在睡覺前十分鐘在聊天，後來就慢慢睡著了，展開美好的第二天。

第二天，我覺得阿嬤（阿嬤跟阿祖住在一起）很貼心，當我們還在煩惱要吃什麼的時候，阿嬤告訴我們附近有一家「永和豆漿」，這一句話解決了我們吃什麼的問題，當我們走到早餐店時，因爲我和芳兩個負責預算，我跟芳先算一下一人多少錢，再跟他們說。當大家點完餐後，我們就分桌開始等餐。

吃完早餐就回阿祖家，我們搭著車去另一個地方，要去砍甘蔗，再去市場買食材，我們買完午餐的食材就前往另一個地方，我們去那煮午餐，在煮東西前，我們一群人在啃甘蔗，我們在台北很少機會啃甘蔗，但因爲我很挑食，我沒有啃很多甘蔗，因爲我覺得甘蔗太甜了，所以我就咬一大段，吸一點點汁，吐一大段，但還是有很多人啃甘蔗啃得很

開心，我們在田野邊吐了一堆甘蔗渣，阿嬤說可以當肥料，我們啃到牙齒很痠。大家啃完甘蔗後，我們洗菜切肉開始下鍋煮，一下子我們的午餐就完成了！我們盛了美味午餐，還有好吃的刀削麵，吃完我們就開始自由時間，我們有的人在玩交通遊戲，就是哪裡是田，哪裡是可以走的，就像是扮家家酒，因爲我們童心未泯（哈哈哈！）；之後我們就去有很多雜草的地方，我們一人拿著一顆石頭和一顆又大又扁的石頭，再去拔一些雜草，開始敲敲打打，因爲我們覺得這樣既有香氣也可以玩得很開心！玩完之後我們就要準備開車回阿祖家放東西。

啃甘蔗啃到牙齒痠

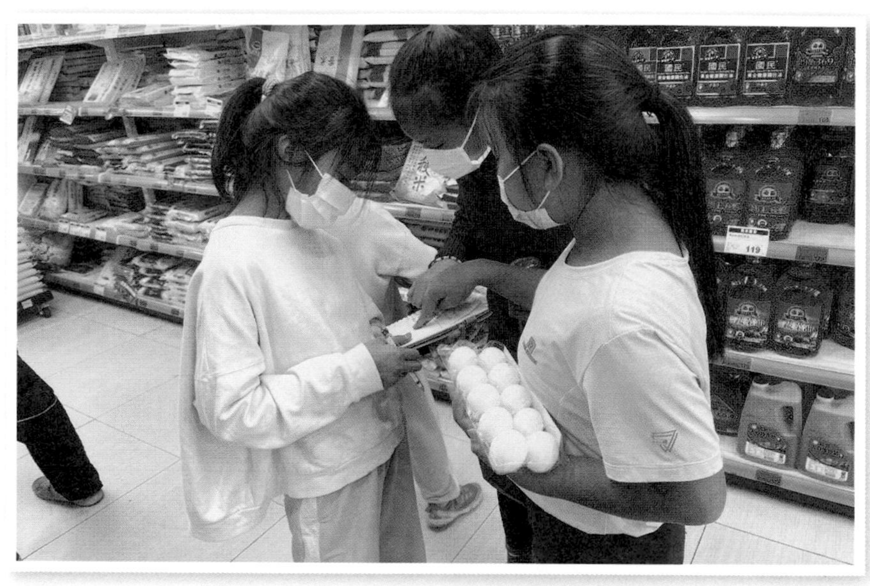

我們負責記帳，買食材每一筆都要算清楚

我們放完東西後，因爲我們不知道晚餐要吃什麼，也不知道附近有什麼好吃的，所以我們就去夜市吃東西。我和芳要先統計一下所有人的餐費剩多少錢，再算一下每個人可以花多少錢，當他們都點好餐且開始吃了，我跟芳都還沒吃，因爲我們在算錢和攤販付錢，忙完之後我們就吃涼麵，而且加了醬油還沒味道，多虧了低年級湯麵剩下的湯，我跟芳才勉強吃飽。吃飽後我們回去阿祖家，洗澡收行李、報完平安就睡覺了。

第三天，我們吃了阿嬤推薦的包子，我們就開始在阿祖家和田間玩起了躲貓貓加鬼抓人，第一局我躲在箱子裡，老師都沒發現我，就一直追別人，這時我才發現低年級都不見了，我就去找他們，結果他們躲在田裡旁邊的漏洞，所以除

了另外兩個中年級，我們全部人都躲在那兒，但是因爲我們躲得太久了，所以我們就派了二個人出去，是我跟另一個低年級。因爲我們怕老師看到我們，所以我們就跪著走路，想逃出去，結果過了一陣子，老師發現我們了，但是老師找不到進去田中的入口，所以就從外面進去，這時就換那一堆人逃跑了，老師一進來，我們全部人都跑出去了，我們跑到田的最後面，當我們無路可走時，老師突然以我爲目標追我，我就像在玩「馬力歐」一樣，跨來跨去、跳來跳去又鑽來鑽去，最後我們全部的人都像馬力歐一樣跑跑跳跳，我們邊跑邊笑，因爲大家都學起來了，最後，我們趁老師不注意時，鑽到外面逃出去，我們四個女生躲在廁所，剩下兩個男生在外面，這時，我們在上廁所，但是其中一個女生說：「加油！外面的加油！」我們另外三個女生都瘋狂地阻止她，因爲老師本來想說要回田裡找，現在老師知道了，所以她就被抓了，眞的是……。

我們在田間玩躲貓貓，超級刺激

和阿祖和阿嬤合影

我們玩完也去附近找吃的，結果找到潤餅，所以我們午餐吃潤餅。當我們到達下一個住宿點卡爾小鎮時（我們住帳篷營區），我們就選好位置，放東西，煮泡麵來吃（上山前有買）。吃完我們就去洗澡了，我洗的那間有大蜘蛛，我妹妹在洗的時候滑倒，而沂芳則悶不吭聲地一直在哭，是我們出來後才知道她洗的是冷水澡。後來老師知道後，就帶沂芳再去洗一遍澡。我們報完平安、看看星空，就安心入睡了，在星空中展開新的一天。

我們因爲是魔方（魔術方塊）的愛好者，所以我們也帶了魔方去。我跟沂芳突發奇想，剛好我帶兩本筆記本，就把其中一本當對話用的，另一本用來寫「魔方教學」，我們就把解魔方的前前後後都寫了下來，我們邊傳筆記本，邊繪製魔方教學本，我們寫到下車都還沒寫完結果我們整路都在寫，只要有空就寫，最後我們還約要一起吃，當到餐廳時還是一樣有空就寫。我們在餐廳時就寫完了，我們很高興，這個插曲也成爲日後我們開魔方課的契機。

## 我的百岳——合歡山北峰

很快的，我們跌跌撞撞、帶著開心的心情來到第四天，時間過得還眞快呀！今天我們要出發去爬合歡山北峰，我們大概在2020年的寒假爬完合歡山主峰，主峰比較是走路型的，北峰則是爬山型的，爬山型指的就是要手腳並用的那種類型，所以爬起來會比較累一些。

一覽無遺的山景

一起床，想到「爬山」我們馬上就覺得累了，可是今天是重要的一天，這次來寒假旅遊其中一個重要的目的就是爲了今天要去爬山，所以一點也不能錯過。我們準備好去爬山時，老師說我們先去買今天的早餐、午餐和晚餐，這樣回來就有晚餐可以吃了，我們開心地跳上車準備出發！沒想到，那家7-11的泡麵居然只有大分量的泡麵或是我們不想吃的品牌，老師說：「那我們往山下開去下一家7-11，嗯……可是我們的時間也不多了，不然我們晚上再來買好了」，所以我們就直接前往山上，在上山的過程，我們一開始是玩「不能說你我他」，到後來有些人說要睡覺，所以乾脆大家一起睡，也順便儲存體力，不然到時候會爬到想睡覺。

到了山上，大家睡眼惺忪的拿著背包，突然，老師的一個尖叫聲喚醒了大家，老師用懷疑的口氣說：「什麼？你竟然沒穿襪子？你不知道今天要去爬山嗎？你不知道沒穿襪子爬山腳會磨破嗎？」有一個低年級的弟弟沒穿襪子就出門了，讓大家感到驚訝。我準備好出發後，想說來原地跑一下、熱身一下，沒想到，我才跑沒幾步就非常的喘，我就好奇的問老師：「爲什麼我沒跑幾步就那麼喘？」老師笑著回答：「那是因爲我們站在3000多公尺的地方啊！如果你可以練到連在3000多公尺的地方跑都可以不會喘，那你就很厲害了！」我一聽到這句話，我馬上就搖了頭。

當我抵達的時候，我爲自己感到驕傲

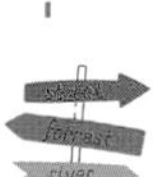

出發前，我們遇到了三位大哥哥、大姊姊，他們驚訝地說：「啥！？你們也要去爬北峰（合歡山）？」我們全隊異口同聲的說：「對啊！怎麼了？」我們對於他們的問題感到疑惑，他們卻開心地說：「你們眞的太厲害了吧！你們才小學生耶！那我們一起爬！」於是他們就跟著我們一起出發。出發時，我們才走沒幾步，就開始覺得很喘，老師懷疑的問：「你們有來爬過嗎？」他們用很喘的語氣說：「當然沒有啊！就是因爲第一次爬所以很喘啊！」他們的裝備、語氣都看似有爬過，但實際上是沒爬過的。

我們高年級一開始是走在最後面的，因爲我們需要時間習慣一下，而低年級就衝在最前面跟老師走在一起，我就大聲的喊：「你們不要到最後變成『贏在起跑點，輸在終點線』喔！」他們卻驕傲地說：「我們才沒有那麼爛呢！你以爲哩！」老師又火上加油的說：「對啊！你們高年級是怎麼了？怎麼都走在最後面？是太久沒練，所以沒力？還是……」這時，我不知道是哪來的一股怒氣，差點就開罵了，但後來想想算了，還是先忍著好了，所以硬是把那股氣又塞回肚子裡了。

那時我們才爬不到一公里，我漸漸超越低年級和老師，頭也不回的暴衝，不知爲什麼我那時怎麼「跑」都不會累，我一邊衝一邊哭，我碎念著：「我一定要給他們看我有多厲害，哼！竟敢踩我的底線，還說我體力很爛！」我現在回想當時的我是多麼的幼稚，怎麼想都不對，我爲什麼會有那種想法？也許他們只是一時的回應而說出來的話，又不一定是眞心想這麼對我啊！這時，我想回去跟他們一起開心地走，沒想到，我正要跟雅晴開口的時候，她卻不小心將手上的運動飲料灑到我手上，啊！……我就又一股怒氣的繼續往上衝，我心裡又冒出了一堆想法：「我到底爲什麼要去和好？我好笨、我好笨……」於是我又生氣地跑上去了！一直到一點多公里地方時，老師才勉強的追上我說：「你可以跟我們一起走嗎？我們是一個團體，而不是一個個走的。」那時，我才勉強的跟大家一起走。

那時他們迷上了一個遊戲「磨台灣」，就是撿兩塊石頭，選一個來磨，一個當作品，想辦法把作品磨成你要的形狀，但因爲一開始大家是磨成台灣的形狀，所以因此而得名「磨台灣」。自從一公里以後就沒有階梯了，大部分都是單純斜坡而已了，因此我們很開心可以暫時不用爬樓梯了，雖然回去的時候還是要走，但起碼是下梯不是上梯。

我找到的台灣石

當我們走到差不多一點多公里就吃午餐了，吃完午餐那三位大哥哥、大姊姊終於跟上我們，有位大哥哥因爲很累一直罵髒話，因此而得名「不良少年」，另外一位大姊姊她實在喘到不行，所以讓同伴背她的行李而她吸氧氣瓶，她在跟我們說的時候感覺有些內疚，可能因爲在這麼多小朋友的面前說自己的糗事而感到不好意思吧！

這時我才恍然大悟我們這些小孩有多麼的幸福與快樂了，我們不但有這個機會可以去爬山，爸媽也同意我們去爬山，你有看過有任何一個爸爸媽媽同意把自己的孩子交給兩位老師，而且是兩個老師帶九個小孩去爬那麼危險的山嗎？所以我很珍惜當下的感受與時間，因爲我可能以後再也不會去爬了！

回歸正題，接著我們就一起爬，我覺得越爬越順，爬久了就習慣那邊呼吸的頻率，就比較不會喘也比較不會累了，爬起來自然輕鬆許多，一直到1.8公里的時候，才又多了一面很難爬的岩壁，我們爬到一半在休息的地方遇到一個老人團，他們驚訝的說：「你們自己來嗎？（因爲我們先上來，老師在後面比較難爬的地方幫忙）」我們就說了不知道重覆幾次的話：「當然沒有啊，老師在後面啦！」及時趕上的老師笑著對他們點點頭，他們又再次驚訝的說：「你們老師心臟也太大顆了吧！！只有兩個老師嗎？……（用台灣國語說）」其實這種話我們已經聽過好幾百遍了，幾乎路過的人都會這麼說。他們問完一大堆問題以後，他們就接著拿了很多的糖果、餅乾、麵包……等的各種食物出來，我們整個嚇傻，我驚恐的說：「不用那麼多啦！我們也快到了，拿一些就好。」結果我們還是拿了一大包的白巧克力和一堆麵包，原本空空的背包，一下就變超重的，但還好快到了。

我們休息完才剛走沒幾步就看到終點在迎接我們了，我那時超開心的，因爲我們這趟旅程的目的就是要迎接這一幕，一到終點老師就說：「趕快來拍照！這可是歷史性的一刻啊！」於是我就強顏歡笑到老師拍完爲止，我突然想到：「不良少年呢？他們來了嗎？」我回頭一看，原來他們已經在旁邊的草原鋪好野餐墊、泡好茶也開始吃餅乾了，我好奇的湊過去關心他們，他們就好心的給我很多零食，後來老師叫我過去幫他拍照，我就不好意思地接過零食後就跑回去找老師。

左：不管在哪裡拍照，山景都好看
右：終於爬到山頂啦！一切都超值得的

約半小時後，老師要回程了，我們異口同聲的說：「蛤～好吧！」於是我們就只好順著老師的意思出發啦！我發現回程都過得特別的快，我們回程時分成了兩組，一組走得比較慢在後面，一組比較快在前面，我們比較快的5個人，一直在說：「新年快樂，紅包拿來，放進口袋，拿不出來。」我們開心的用不同的旋律來念這個句子，不知不覺只剩下500公尺，因爲起霧，所以我們就用最快的速度下山，正當我們快到入口時，我說：「我們等一下要一起下去喔！」於是我們就在剩兩個階梯的時候，我們一起跳～下最後兩個階梯，享受美好的時刻！

就在晚上報平安時，雅晴跟老師一起去看某大學社團的獵戶座導覽，而我因爲在跟媽媽報平安所以沒去。隔天一起床，老師說要趕快收行李，因爲一早就要出發，所以收完行李就要出發了。在車上，我們依舊玩著「不能說你我他」，前往台中火車站時，我們先在麥當勞吃早餐，因爲我跟雅晴當五天的財務長，所以老師請我跟雅晴一人一杯珍奶，我當下覺得不可思議，突然覺得我這幾天當財務長的辛苦是值得的，沒有白費。

## 老師手札

每次旅行都會有不同新的刺激，這次因爲共學裡面的孩子，很期待而且想邀請我們去南投的阿嬤家，才促成這次的旅行。這中間我們嘗試把財務交給大孩子，讓她們掌管這次的預算，多花或少花都需要學習承擔最後的成果，孩子們在每次出遊的時候，總會期待自己想要什麼，所以讓孩子們控管預算，有多的錢才有辦法得到自己想要的。

孩子們在每個環節，進到人家家裡面，會主動有禮貌的互動，也好好跟人家道謝，進到農田裡面，知道分寸在哪，該拿多少、該怎麼分享，這些過程不只是體驗活動，孩子也在學習人際互動，而這個家的孩子也學習當主人，如何招待客人以及安排客人休息位置等等，這當中這群孩子也陪伴著小孩的阿嬤和阿祖，讓這個家的氛圍突然變得有朝氣，看見他們臉上露出很有活力的笑容，就可以看見我們的到來是給大家歡樂的。

上了合歡山，體驗整個爬山過程，讓他們獲得無數成就感，嘗試辛苦後得來的不只是讚賞、也有美景，學習享受大自然，孩子們在過程中學習克服這些體能的難題，陣陣哀嚎聲在過程中不斷散發出來，當抵達山頂後，傳來陣陣驚嘆聲，這彷彿也是人生寫照，我們的過程總是難過，但抵達一座山頭的時候，回味無窮。

我們一起在夜晚回味這幾天發生的每件事情，看著夜晚的星空，我們也一起相聚，旅行的最後一天，也是我們共學當中一位孩子要離開的日子，我們一起團聚在帳篷內，分享我們彼此之間的點點滴滴，很意外的是，沒想到每一位孩子都哭了，原來我們感情已經這麼深刻，大家的情感在這一夜全部流露出來，雙手不斷擦拭眼淚，大家說著「很期待我們彼此走到畢業的那一年」，每個人的眼淚都表達著心中無法言喻的情感，再多的詞彙都無法傳遞孩子們之間彷彿革命過的情感。

# 19. 不一樣的旅行——單車環半島

沂芳、雅晴

## （一）沂芳視角

### 第一天．期待又緊張的第一天

出發的前一天，我看著我新買的腳踏車，輕輕地撫摸著，總覺得心滿意足。這是我期待很久的結果，在我10歲這一年，我擁有一台屬於自己的腳踏車（而且是公路車），因爲我爸是一個非常愛省錢的人，不會隨意花錢買一樣東西。

出發當天，我覺得我爸特別溫柔，因爲他在整個過程都沒有罵或唸我，這是一個非常特別的行爲，我就問他爲什麼今天特別溫柔，像今天我不吃他的三明治，通常他都會說：那你就「餓」吧！但他那天卻說：好喔！那就餓了再吃吧！他說：「因爲今天是出發的第一天，所以放妳一馬（後面帶著一種莫名的殺氣）。」

我們上車之後，爸爸買了一個三明治給我，由於他沒問我要吃什麼口味，所以我沒有吃他買的三明治，但後來想想，他也是怕我餓肚子才買給我的。上了車之後，在車上我跟雅晴玩了數不勝數局的大老二，玩得太多局，玩到頭暈了，我們兩個很有趣，常常今天吵架，明天「自動」恢復原

來的關係。

到休息站時，我們兩個因爲沒吃早上爸爸買的三明治，眞的是餓扁了，我們還去便利超商買糖果吃，要結帳時，人潮多的擠到我差點和我爸分開了呢，我爸就跟我說：「你看，沒吃早餐會餓吧！」我就暗中翻了一個白眼，因爲我們不想吃他們買的口味。離開超商後沒多久，下了一場大雨，大的如瀑布般，一出騎樓不到3秒，我們就變成溼透的落湯雞。到跟老師的會合點，屏東火車站旁，我們先去洗手間換車衣，換完車衣我就哇的一聲，雅晴說：「怎樣？！」我說：「你的車衣好漂亮喔！我的好單調。」她說：「沒差啦！」我心裡就覺得非常溫暖，因爲她通常都不會在意這些小細節，而我卻一直跟她計較這些小細節。

老師來的時候我就說：「老師！我們都還沒開始騎，你就流汗了，也太誇張了吧？！」老師說：「還好吧！」（老師本來就很會流汗）腳踏車則是我們煞費苦心把它裝上又拆下運過來的，組裝完大家的車後我們就開始騎了。整裝完畢出發後，大約騎了4～5公里後就看到了很大很大的田，我好像沒有看過比這個還大的田了，旁邊還有一群很可愛的小小的小雞跟一叢如抹茶般濃郁的小草，因爲沒有看過幾次顏色這麼濃郁的小草，所以令我印象深刻。接著，我們還去一個綠色隧道，這個綠色隧道跟森林一樣茂密的隧道，茂密到幾乎看不到天空，感覺好像在童話故事裡般夢幻。

出隧道以後，我們在討論事情，但因爲旁邊的車子跟機車一直騎過來又開過去，我就一直喊：「吵死了！吵死了！吵死了！」我爸就說：「你最吵啦！」每次我被他念的時候，我都覺得為什麼他要一直管我，但我現在才知道，其實爸爸是很在意我。

接著我們經過一個平交道，剛好有一台普悠瑪經過，普悠瑪很長很長，長到要站在平交道前5秒火車才會完全過去，而且它就從你正前方沒幾公尺，感覺很嚇人。我爸曾經告訴我不能站在平交道上，因為會被火車撞，之前看過一個新聞：有一個網友直接站在會有火車經過的平交道上拍照，就在她拍照的過程中，被一輛火車撞死了，我一看到這則新聞，就嚇得ㄆㄧˇㄆㄧˇㄔㄨㄚˇ（台語翻譯）這感覺連「痛」都無法形容了。

騎進綠色大道

在這第一天騎腳踏車過程中，我不斷看到讓我無言的事情。唉～雅晴啊～你怎麼老是在最後面呢？她每次都說：「我早已習慣，一個人孤單～（歌名：與我無關）」爲什麼我都跟的上速度是因爲我每個週末都會去騎巴拉卡公路，而我爸問她要不要一起去？她總是回答：「不要啦！我要在家耍廢」我就提醒跟她說：「你怎麼每次都不去！？你再這樣下去妳會變成吊車尾喔！到時候我騎在前面你就不要一直說沂芳妳都不等我。」沒想到這個提醒沒有起作用，結果跟我預期的一模模一樣樣她眞的成了吊車尾，而且也說：「沂芳都不等我。」我還在最前面說：「活該！誰叫你週末不練習！」她一聽到這句話，就馬上唱：「我早已習慣，一個人孤單～（歌名：與我無關）」好不容易我們終於到旅館了，我們停好腳踏車，把行李帶上樓放東西和換拖鞋，最誇張的是我一進房間我跟雅晴就異口同聲的說也太豪華了吧！我心裡暗想：「這根本就是跟總統的房間差不多吧！」老師「啊！」的一聲，我好奇地問怎麼了，老師說他忘記帶拖鞋，放在家門口沒帶來旅行，我就心裡暗笑，因爲他很常忘記帶某些東西，每次他忘記帶某些東西，我們都會偷偷笑他。（小朋友千萬不要學大姊姊做壞事喔！！）

我們放完東西後，接著就到樓下玩了，我們意外發現有協力車，想說就去問旅館的服務生可不可以騎騎看，服務生說可以後，我們就用衝的去騎協力車，一開始我們根本沒辦法騎上去，老師先載我騎一次後我再載雅晴，終於我們成功了！但是還是只能我載她，她沒辦法載我，不過沒關係，因爲很好玩，而且不常騎所以我不介意，我還笑到「差點」

尿褲子，騎一騎我們的肚子已經在咕咕叫了，我一直叫餓，但不知道要吃什麼，雅晴就跟老師一起去逛逛看有什麼好吃的，他們回來後問我們：「要不要吃拉麵，還是雞爸爸（鹽酥雞）」我說：「那我們晚餐吃拉麵，宵夜吃雞爸爸鹽酥雞」其他人異口同聲的說：「好啊！」我們吃到拉麵的那一瞬間，拉麵有如救星般的拯救了我們的肚子，我們吃完後就去買宵夜跟老師的拖鞋，最後我爸去全聯買啤酒順便買蘋果西打，雅晴和她爸去吃雪花冰，我跟老師回旅館洗澡，全部人都洗完澡後我們吃鹽酥雞、玩撲克牌，她跟老師玩牌玩到像瘋子一樣，眞的好吵啊，過幾分鐘我爸提醒大家準備睡覺了，我們就去刷牙睡覺了。

## 第二天・超輕鬆壽卡

睡得好舒服啊，今天要騎上一座山，叫「壽卡」，前幾個禮拜我跟表哥和爸爸一起去騎過壽卡，騎完我覺得跟淡水的巴拉卡其實沒差多少，只是壽卡比巴拉卡長一些，甚至沒有比巴拉卡來的陡峭。

因爲我已經騎過了，於是我最放心的就是這一天，我可以放心地騎，還可以肯定的跟他們說沒有想像中的恐怖。我自己覺得最無聊的部分是在上山之前會有一些公路，每次騎很平坦的公路我都覺得還不如去騎山路，因爲我很久以前就認爲「騎上坡是件好事，因爲只要有上坡，就一定有下坡，這就是先苦後甘的道理」。

起床後，第一件事就是刷牙洗臉，再來換衣服，雅晴非常重視穿衣服的舒適度，因此我們在換衣服的時候，她都會先哀哀叫個5～10分鐘，好像是種每天都得進行的儀式一樣，不可或缺。昨天我們知道早餐是自助吧，整晚都很開心，一起來更是興奮無比，一換好衣服就馬上衝到樓下吃早餐，吃飽喝足後我們先上裝備，再等待爸爸們的時刻，我們一點也不浪費，喜歡合作的我們馬上去借了一台協力車，就算只有三分鐘可以騎也沒關係。我們在停車場旁騎過來又騎過去，有那麼一瞬間我覺得自己好像滿悠閒的，但是馬上就聽見老師的呼喊「出發了喔！！」，瞬間兩人的臉都垮了下來，「吼喲～我才剛騎耶」「不然你們兩個在這，我們先出發去下一站」我們失望地走到爸爸們身邊騎車出發。

芳爸和芳的壽卡，難忘的回憶

在我們有氣無力地出發下，時間顯得更是漫長……，幸好沿路經過的風景，澆熄了我們失落的小情緒，也讓整個團隊的氣勢更加高漲！不愧是台灣的東半部，有山有水有景，一邊騎著山路，還可以一邊看看山景。其實最危險的地方是前段的公路和騎山路時會有大卡車經過，應該是有幾段山路正在修復，不定時會運送砂石上山，大卡車經過時，車身與我們的距離都非常近，若是太往右邊靠就會掉下路邊的水溝，所以只能速度放慢、穩住重心，才可以安全通過。正好大家騎山路時都習慣慢慢騎，一步踩穩在踩下一步，因爲已經騎過一次了，於是穩穩地騎，把專注放在腳上，不要一直想著累，想著累就會越來越累，幾分鐘後我發現我已經超過老師了，我心裡大喜越踩越快，於是我成爲第一個上去壽卡的！但也不能這麼說因爲我已經有騎過了。

在大家都到「壽卡鐵馬驛站」時，我看著雅晴，以爲她會好好歡呼一下，結果她突然冒出一句：「就這樣？」我好奇的問怎麼了，她說她原本以爲有便利商店之類的，我聽了邊笑邊說：「那麼高的山誰開商店阿！」，之後雅晴好奇地去看了一下周遭環境突然說：「沂芳！這裡有七度的冰水！快來！」我心裡大喜，沒想到這裡還眞的有冰水！太開心了！享受完涼爽的冰水，又被呼喚去拍照。「快點！快點！有車要經過」，那時候我們兩個還太矮了，只能讓爸爸們抱著我們拍，我被抱的腋下超痛，只好強顏歡笑到拍完照爲止。

「耶～～」、「唷呼～～」、「好涼喔～～」開心的

歡呼連連，大家正奮力控制速度極快的腳踏車，在這個刺激的下坡當中令我最印象深刻的一件事：因爲我們的速度實在太快了，而山路通常都會有人飆車，於是都有測速照相機，當大家溜的正爽快時，所有人都聽到了一聲「喀嚓」，下一秒大家都放聲大笑，因爲我們被拍照了，但是腳踏車上並沒有車牌，所以我們可以盡情的超速（但最好還是不要太超過），老師開玩笑的說：「會不會因爲我們，政府改成連腳踏車都要有車牌？」老師眞的什麼不會，開玩笑他最擅長。

騎著騎著，我們距離民宿又更近了，沿路雅晴還是唱著「反正我早已習慣，一個人孤單～心酸爲難，也要假裝自然……」眞是受不了。而我看著旁邊的海，想起我們兩個不斷吵架又和好，這些事都成了我永遠的回憶呢！

到了民宿，馬上就知道今天住的是溫泉民宿，哇～看起來很舒服耶！不過更吸引人的是旁邊有一個海灘！！我們吃完有名的牛肉麵後，很想趕快回民宿泡湯，於是熱水放好後，我們兩個就拿著蘋果西打邊泡湯邊喝，就在這時候「轟～轟～」居然在這時候打雷！我們兩個愣了三秒，接著我們又聽到了打雷聲，還加上閃電，我跟雅晴嚇得魂都飛了！眞是驚悚，剛響完就立刻停電，我們都不敢進房間，因爲是暗的，還好我把衣服都放在旁邊，迅速穿完後衝刺到爸爸們跟老師的房間，在衝去隔壁間的過程，短短三秒鐘，卻以爲自己在拍鬼片，都到了緊張萬分的時刻，老師居然還開玩笑說「有沒有很像恐怖片？」我們兩個都在心裡暗罵老師，就這樣提心吊膽的過了一晚。

## 第三天・平路連篇

啊～（打哈欠）好想繼續賴在床上睡到自然醒。昨天晚上民宿老闆說：「在每天的日出時都會有一些原住民來旁邊的海灘捕魚，原住民們在日出的正下方，那個畫面非常的美，只是要看太陽有沒有被雲擋住」。

隔天早上爸爸叫我起床時，我超想繼續賴在床上直到陽光把我叫醒，但是我可不想錯過那唯一一次的美景，於是我努力從躺著變坐著，努力讓自己清醒，我們先趕去看日出，到海灘前會經過一個小隧道，暗暗的隧道裡有我們兩個人的背影，加起來眞美啊！距離日出還有幾分鐘，我們幾個人站在海灘上，等待著日出的身影。可惜太陽被濃厚的雲層給擋住了！

我們看完日出就在沙灘跟海水的交界處玩，我們用石頭蓋了一個小生物的飯店，把我們抓到的小生物都放在裡面，我猜那些小生物應該都覺得莫名其妙，牠們應該希望被放在裡面只是作噩夢而已。我還穿著拖鞋走到水位高於膝蓋的地方，雅晴用羨慕的語氣跟我說：「好好喔～我都不敢下去那麼深的地方」我回她：「我也沒多勇敢啊！而且我剛剛差點跌倒，嚇死我了！」接下來的一個小時我們兩個都一直蹲在那個飯店旁玩水。

吃早餐時，我們兩個喝了一碗麥片後，拿一個饅頭坐進電梯裡跟老師說我們先上樓喔，會幫你按下來喔！然後我靈光一閃，我跟雅晴說：「欸！妳先不要按電梯，我們兩個就坐在電梯裡，等老師按電梯的時候，我們就嚇他！」結果老師真的被嚇到了！

出發後的50公里都是非常無聊的平路，但我還學會了放開雙手騎車，好幾次都差點跌倒，爸爸一直在後面說：「很危險！你跌倒我不會管你喔！」後面的30公里也只有一些上坡跟一些下坡，我覺得這六天最無聊的就是這一天了，因爲這一天根本沒有什麼上坡，也沒什麼下坡，我寧願有大上坡，也不要什麼都沒有，因爲有了大上坡，就會有大下坡，有小上坡，就有小下坡，而什麼都沒有，終究還是什麼都沒有。

美麗的風景及努力中的我們

剩下的10公里，連續下著如瀑布般的大雨，我們幾個淋著大雨，我猛然覺得我們好可憐，因爲變成落湯雞的感覺很不舒服。我期望的上坡來了！但是它卻跟著大雨一起來，而且已經很晚了，我覺得很煩，因爲每次我想要的都一直不來，等到它來的時候，卻跟著別的不好的一起來。我覺得我們幾個很狼狽，穿著雨衣騎車腳也被泡濕了，重點是我們很餓、很累、很狼狽，還有上坡！我的白眼都翻到後腦勺了！

到豐南小田庄（我們那天住的民宿）時，雅晴說她很餓（我也是），老師給我們各兩條巧克力能量棒，雅晴還說她不要吃，她覺得看起來很難吃，老師生氣的說：「我好心給你我本來要吃的能量棒，你還嫌，那還給我！」雅晴還眞的不要呢！我們洗完澡，爸爸們買完晚餐，我們光用看的就快飽了，我驚訝的說：「這也太多了吧！」晴爸（雅晴的爸爸）說：「不會啦！這哪有很多？」我們才吃一半我就快飽了！吃完晚餐我整整走了40趟（從民宿的廚房到客房門），都還沒消化完。

我們睡覺前還爲了床位玩抽鬼牌，玩到雅晴還哭了呢！還好雅晴最後還是讓我們先決定床位，好險她沒有繼續哭了，我不知道那天爲什麼我一直睡不著，我一直跟他們聊天，我們聊到一半還被爸爸叫起來去擦我的腳踏車（因爲到民宿前下著狂風暴雨），那時已經晚上十點半了，我擦到一半我爸說我擦太慢，我還擦不到一分鐘，就被叫回去，我進房間後才發現我已經被蚊子叮了大概十幾包，我非常討厭蚊子，因爲我只要被蚊子叮，我就容易因爲很癢而很難再做其

他的事，還容易抓破皮。

## 第四天・爆胎日

早上一起床，我瞇著眼睛走到廚房，老師哈哈大笑地走到廚房，讓我一瞬間清醒了，我問他怎麼了，他笑著回答：「剛剛我上廁所時，有一隻公雞站在窗台看我上廁所，不知道牠現在還在不在窗台，哈哈哈……笑死我了！」

我們吃完早餐後老闆說：「你們來猜猜看這面牆上的成語是什麼？猜對就有小禮物喔！老闆指著牆上的文字細細解釋，老闆還偷偷給我們小提示，我們也很認眞的想，眞的有點難，我們大概猜了將近一個小時才猜出答案，答案是「請坐奉茶」老闆還外加送我們一袋還沒孵出來的雞蛋（最後還是沒孵出來直接被老師吃掉）。

因爲前一天晚上騎了很多上坡，相對的，今天就有很長一段的下坡，我很開心，有很長的下坡，而且一開始就是下坡，下坡完晴爸說：「老闆突然打電話跟我說這袋冰棒送你們」我一聽到這句話眼睛都發亮了，我們吃著冰棒，爸爸一邊說：「這種冰棒好久沒吃了，上一次吃大概是我國小時吃的。」

騎著騎著，晴爸突然啊的一聲，他居然在橋上準備下坡時爆胎了！他一直叫我們先走，說他可以追上我們，我們就說好吧那有問題隨時打給我們，我爸說完著句話，馬上轉頭小聲說：「不可能！因為晴爸平常就不喜歡麻煩別人！」老師接著說：「我們在橋下的OK便利商店等你喔！」到便利商店時，雅晴一直求老師講鬼故事，由於我很不喜歡聽鬼故事，我就到旁邊閒晃，老師講完鬼故事晴爸也到了，老師說他會帶我們去糖廠吃冰！我說：「我們就是每天辛苦，每天爽，他們低年級就是每天都一般般！」

我們又到了另一座橋，這次換我爸爆胎了！今天眞是衰神上身！下橋之後我看著雲，雲和雲之間突然有一個縫隙，縫隙慢慢變大，一道溫煦的陽光有如神之手般照射下來，大人們趕緊停車拍照，這還是我第一次看到的天氣景象。

剛從山下努力騎上來的笑容

到糖廠時，我們各買一支冰，到池塘中央的涼亭上吃，我們兩個求著自己的爸爸，一直說：「拜託、拜託可以讓我們買魚飼料嗎？我們想餵魚。」終於他們答應了，我們餵魚時還看到魚在大便，我們兩個一直笑，突然，晴爸叫我們看他，他居然在放水的地方假裝自己在上小號，我們兩個的笑聲更加地大聲了！接下來有很多座橋要騎，雅晴只要遇到橋就會騎很慢，所以她一直唱：「反正我早已習慣，一個人孤單」其實這是一首歌（歌名：與我無關）。

到民宿後，民宿老闆說：「我們民宿後面有個夜市，要去的話要趕快去，因爲晚上九點半就收攤了！」老闆說完我們就馬上把車子停一停，去夜市了！去到那裡，我爸給我們兩個100元，爸爸說：「這100元是包含晚餐和你們要玩的東西，要好好使用。」我們兩個就開心地跑去吃飯和玩遊戲（老師陪我們）。

我們吃完玩完後先回民宿玩我們在夜市拿到的玩具，玩的時候發現那些老闆騙我們，那些玩具根本不能用，我們生氣的把那些玩具丟掉，直接去洗澡，不過我們洗澡時也滿開心的。洗衣服時，我們一打開洗衣機的蓋子，發現裡面有別人沒拿的衣服，我就說：「我們把它拿出來吧！」雅晴一件一件的拿出來，我來幫忙裝。

上樓時，雅晴突然憤怒的說：「哼！都是我在拿別人的衣服，你都不拿！」我又驚訝又生氣的說：「又來了！每次都這樣，我沒有都不拿，我有幫你拿袋子啊！」她說：「但你沒拿衣服！」我緊緊握著我的拳頭說：「我要拿的時候你都一直擠我，我要怎麼拿？」我說完這句話她就生氣了！過沒多久，她就寫一張紙條給我，上面寫著：「可以和好嗎？」我當然就答應了，從這件事情可知，我們兩個再怎麼吵，終究破壞不了我們的友誼！

## 第五天．連續趕路

一個鬧鐘聲打碎了我們的美夢。起床時，我們兩個一直爬起來又躺回去，老師生氣的說：「你們再不快點我就先出門了！等一下還要趕火車」我們嚇得都跳起來了！我們兩個匆匆忙忙地收著東西，老師一邊倒數秒數（這樣我們動作才比較快），我爸一邊碎念著：「記取教訓了吧！下次記得早點收東西，不要在那邊拖拖拉拉的……」我們還一直問：「現在幾點？我好餓……」

我們出發後，我們又餓、又想睡、又下雨，我眞是白眼翻到後腦勺！我突然想到我們沒吃早餐，我問：「老師，我們到底什麼時候吃早餐」，老師回：「我昨天不是跟你們講過要先騎一段路，才能吃早餐嗎？」我聽到著句話，我都快昏倒了，我的媽媽咪呀！我們在路上一直問：「麥當勞在哪裡？（老師說會經過麥當勞，所以早餐吃麥當勞）」老師回「別急！一定吃的到！」我們眞的快餓死了！到麥當勞時，我們最喜歡麥當勞的炸薯條和兒童餐，結果，沒有炸薯條和兒童餐，要中午才賣，更可惡的是，正當我們垂頭喪氣地說：「還好還有遊戲室……」，卻又發現遊戲室因爲新冠肺炎而沒開放，雅晴氣死了，她瘋狂的喊：「臭新冠肺炎、臭新冠肺炎、臭新冠肺炎……」我們只好吃別的。

爸爸用溫柔的語氣說：「好啦好啦下次再請你一餐嘛！不要一直擺苦瓜臉啊！」雅晴一邊唉聲嘆氣一邊勉強的說：「好啦！」我也很驚訝，因爲那時候新冠肺炎已經沒那麼嚴重了，可能陳時中部長說還不能解放吧！吃完早餐我們趕緊用最快的速度衝到火車站（有幾次還緊急煞車），在車站我爸瘋狂的拍照，這幾天我拍照拍到膩了，火車都要跑了還在拍！

我們從小雨騎到傾盆大雨，愈騎愈冷

在車上我們原本要玩遊戲，後來發現睡覺比較好，我們就一路睡到底，下車後我們幾個睡得超飽的，睡到精神都來了！時間剛好足以塡飽我們早上沒睡到的。爸爸還是一路在拍，而我就一直強顏歡笑。到了我們曾經來過的草嶺隧道（這個隧道的特別之處就是，它裡面有宜蘭跟新北的交界處），要進隧道之前我們發現隧道的管理員正準備要關隧道的門，他回頭說：「你們要進隧道嗎？」我們齊聲說「嗯！」我們原本想說我們晚了一步，萬萬沒想到管理員竟然讓我們進去，他只說了一句話就是：「要快一點喔！」我們很快地衝到隧道最重要的地方—新北和宜蘭的交界處，沿路我們邊騎管理員邊關燈，那個感覺就像電影裡面的人在逃命一樣，超恐怖的！

到交界處拍了幾張後發現管理員騎的摩托車離我們越來越近，就趕快上車用衝的，出隧道後好心的管理員還送我們鹽糖，我才發現原來管理員的身體有些缺陷，我們非常感謝他，因爲如果我們沒進入隧道就得繞一大段路程。

到民宿之前一直都是上上下下的坡，搞得大家都很累，到民宿後我們吃完晚餐洗完車（我們的公路車）準備跑去海灘玩的時候，我發現有隻貓一直追著一隻腳受傷鴿子，我們就下定決心要幫這隻鴿子，我們努力的圍攻貓咪，還差點跟那隻貓咪打起來，後來用保護鴿子的方式，就是圍在鴿子旁邊保護牠，我覺得那隻貓應該不是要吃牠，只是想要捉弄牠，但是在我們跟貓對戰時，我是看到鴿子被貓咬在嘴裡，才想要幫鴿子。

幫完鴿子我們就衝去海邊玩了，晴爸還一直挖螃蟹洞，而我們在玩「送話給海」，就是要想好你要對海說的話，並預估海浪會打到哪裡，就寫你要說的話在你覺得海浪會打到的地方，如果海浪沒打到你寫字的地方，就代表海沒收到你給它的話。我們在民宿房間裡喝飲料、玩大老二、看電視，開開心心的度過這美好的一晚。

## 第六天・美好的一天

喔YA！最開心的一天終於來了！每天起床時我們都餓得跟幾天沒吃飯一樣，所以我們先去吃早餐，我因爲很餓於是不小心點太多吃得很撐！我們吃完早餐就跑去海邊玩了，我們還在走去海邊的路上看到一隻昨天才看過的非洲大蝸牛，大蝸牛慢慢的爬很慢很慢的爬，我走一步牠應該要走5分鐘。我們在海邊玩沒多久，晴爸說：「我們來挖螃蟹洞好不好？我剛剛看到一隻很大隻的螃蟹！牠的洞在那裡」晴爸一邊指著螃蟹洞，一邊說，我們也很好奇於是答應了，我覺得我們挖洞的樣子很像三隻狗（哈哈哈！我自己都覺得很好笑），我們挖了一個超大的洞還差點讓螃蟹跑走了，看完螃蟹還是乖乖放牠走（各位觀察完小動物記得放生喔！），我們還玩「送話給海」，玩了好久覺得時間過得好慢，但要回民宿時，就覺得還想玩好矛盾喔！

每次都這樣，每當這種狀況發生時，我都覺得爲什麼我不好好把握可以玩的時間呢？可是在玩的時候覺得時間過好慢，後來我發現只要這種狀況發生就好好的玩，不要亂想就不會發生這種事了（例如我在幼兒園也是這樣，完全一模一樣）。我們出發前拿了一大堆超冰的水，才騎不到幾公里就變溫水了超誇張的！那時的太陽眞的是像火爐一樣熱，而我們就是被烤的那些魚兒們。我們從福隆騎到野柳，大部分都是分成兩組，一組是超前組一組是超慢組，我當然在超前組，而都不練的雅晴是超慢組，哈哈哈！這個事件向所有觀衆證明，「有努力，必定會有成果」這句話媽媽不知道跟我說過幾百次了，包括我覺得我功課不好的時候，覺得自己很笨的時候，媽媽都會用這句話來鼓勵我。

我們這天騎了一堆上坡和下坡，而且還逆風！眞是累死我了！我們中間還去了野柳地質公園，因爲便利超商的服務生說女王頭快斷了，在它斷掉之前一定要看一次，老師說他有點累不想去，所以我爸跟我們兩個一起去，我們從去之前雅晴就一直說：「我的涼感巾就是我的狗，來！狗狗我們出去跑一跑，每天運動身體才會健康喔！」然後我們就一直笑、一直笑、一直笑，笑到我爸都覺得我們有點像神經病！或是被點到笑穴一樣瘋。

去完野柳之後我們經歷了一連串的上坡及下坡，來到了一個懸崖邊，晴爸說要在這裡休息，大人們也覺得這裡很適合拍照，所以決定在這裡休息，老師突然站在懸崖的邊邊，我很緊張地說「老師！你要做什麼？！」老師說：「沒有啦！我只是想拍照而已啦！」我嚇死了！所以就幫老師拍照，我還拿著爸爸的手機跟雅晴拍鬼臉照。拍完美美的照片，賞完美美的風景，痛苦的挑戰正等著我們呢！這些都是生命教育所教的「忍受艱難」！我們拼命得騎，心裡想著：「我現在忍受騎車的痛苦，回去還得忍受腳痠的痛苦耶！」而那些低年級就只需要忍受早上起床要先去拔草，不能先吃早餐的痛苦，而且有一大半的時間是在玩，我每天早上都在心裡os。回歸正題，上上下下的坡，加上大卡車一直從我們身邊20公分之內經過，超恐怖的。你會在大卡車經過你之前就聽到很大聲的聲音，在那段時間，我覺得我要得密集恐懼症了！這讓我想到我之前也有這樣的經驗，只不過那次是從我的10公分經過，不是20公分，差別只在這裡。

騎車的途中處處是美景

不知不覺我們騎到了三芝，我一直在心裡哀聲抱怨著：「到底什麼時候才會到啊？我好累呀……」也一直不斷的鼓勵自己：「加油！加油！就快到了！你一定撐得住的！加油啊！」到了我家附近的家樂福，突然有一種熟悉感，我最喜歡這種感覺，因爲像是「回家」的感覺，這幾天都像是在冒險，冒險的過程中，一直都是未知的路段，未知的事情，未知的驚險，都藏在著個旅行中。

到家的一瞬間，媽媽早就準備好拍我燦爛的笑容，結果我一點都不想笑因爲我累死了，媽媽見到我的第二句話就是：「她今天累翻了，應該很好睡。」我們一回到家就馬上去吃大餐了！

## （二）雅晴視角

### 第一天 · 唯一的平路

出發的前一天，我正在準備行李，整理完覺得行李小小的好可愛，我就叫它小行李，出發時，我很開心，輕輕的很舒服，因爲我的行李不是我背的，大家的行李都是放在爸比的車上。

我在騎車時，有些路人很驚訝我跟沂芳這麼小就有公路車了，還有些路人幫我們加油，也有些在旁邊說：「公路車好帥呀。」旁邊的路人感覺很羨慕。

騎到一半時，我就開始覺得累了，還好有兩位爸爸在後面爲我加油。一個爸爸穿著黑色車衣，另一個爸爸穿著藍色車衣，讓我覺得有安全感，也因爲是平路，我可以騎的快一點，在我快追上前面人的時候，我就在心裡想著：「加油，快追上了。」然而，我追上了，在休息的時候，我跟沂芳換公路車。一開始有著清涼的微風很舒服，後來突然下起傾盆大雨，我們全身都濕了，鞋子都可以倒出水來了，雨也是一陣一陣的，旁邊的車子像一條廢氣河流般，我們在旁邊騎車時，都覺得臭得要命。

我們騎到綠色大道，像一把綠色陰陽傘，有著幽寧的氣息，眞想帶你們去看看，我們還看到稻田就像金綠色大草原，讓人放鬆，想在那兒感受大自然之美，但是，因爲我體力不足，所以到一半就累了，因爲前面的人嚴重的超前，還可以開心的聊天，讓我生氣又難過，然後我就一直唱：「反正我早已習慣，一個人孤單。（阿冗：與我無關）」。就這樣，不知不覺就到旅館了，看到旅館我好開心，心想：「我終於解脫了，不然我眞的要精神崩潰了。」旅館十分豪華，眞想趕快進房間趕快躺下去，然而，沂芳也氣喘吁吁的，看起來很累，想跟她一起休息，老師整個全身黏黏的，都是汗臭味，感覺好噁心。

休息完後，因爲行李在爸爸的車子裡，所以我跟沂芳就去騎協力車，眞的超級好玩的，騎一騎還看到了全聯，全聯是芳爸最最最愛去的地方。行李來了，我們就進房間，一進去就覺得超豪華的，就像皇后的房間，我就把我自己當皇后，洗完澡換完睡衣後，我們就變的十分邋遢，因為睡衣太舒服，害我懶得換上車衣，然而，我們在窗戶邊看夜景，如星空般的夜景，如果我有手機一定會拍下來的。我和沂芳還去弄亂老師的床，我稱呼「亂亂床」，眞開心，然後我就下定決心接下來四天都要弄亂老師的床。

過沒多久後，爸爸們買了汽水回來，我們就邊喝汽水邊玩我帶的撲克牌，因為大家都很愛玩，所以我們就玩了很久，在看電視的時候，因為我們的床還沒被坐過，看起來很舒服，然而，我第一個跳上去，我們瘋了很久，因為太過高興，因此，我們每一天都在跳床。我們在跟家人視訊的時候，因為我正在打枕頭戰，所以我覺得不一定要視訊，但是我又想念他們，所以我隔一天視訊一次，視訊完就睡了，到了早上，我們去吃早餐，早餐的味道瀰漫整個餐廳，食物很多，有沙拉、花生、烤土司……，我夾了一些食物，有吐司二片、薯條、雞塊和生菜，十分美味。但是我的早餐重點是薯條，當我們吃完的時候，我們就回房間準備，我們要先刷個牙，但是因為還有爸爸們和老師，所以動作會比較慢。刷完牙後，要從行李拿車衣車褲來換，但因為我們是女生，所以我跟沂芳在浴室裡換，沂芳換得比較快，但是男生們還在外面換衣服，所以沂芳只好等我，她說：「快一點，我想要出去，浴室好熱。」等我換完衣服後，我一直覺得車褲太緊，所以我就一直抱怨褲子，抱怨完後，我跟沂芳才走出浴室，男生們也換好了。

雙人車的快樂，不用趕公里數

整理行李完之後，搭電梯下樓，我們跟櫃台退完房後，請櫃檯人員幫我們跟旅館拍張照，拍完照後，櫃台人員說：「我之前也看過滿多腳踏車隊來這的，連經過的都有。」，我們聽完後，就上路去了，希望今天的路程也很順利。

## 第二天・致命壽卡

出發一段時間後，我們來到「致命壽卡」，一開始騎我瞧不起壽卡，因爲沂芳說：「壽卡超簡單的，我都騎過很多次了。」騎到四分之一時，我已經快不行了，眞的好累，我的身體就像背著石頭跟體力打仗，我軍快被擊垮了！當我們騎到四分之二時，我看到隧道，它是我們唯一的捷徑，當我跟沂芳看到隧道時，我們的心裡充滿了希望，我心想：「終於得救了。」結果，老師竟然說：「因爲我們原本設定的目標是80km，所以我們沒有要走隧道。」我跟沂芳在心裡默哀。騎到四分之三的時候，我已經不行了，但是我後面的爸爸幫我加油，我就努力地踩踏板，但是，我眞的要沒體力了，所以我騎一騎就會跌倒。

到了陰涼處，我們就先休息。我跟沂芳各吃了一包糖，吃完後我就抱怨說：「老師和沂芳都不等我。」讓我精神崩潰，開始後我就一直騎一直騎，但是又有很長的上坡，就算有下坡，也不到一公尺，然而沂芳又跟老師騎到前面了，我就開始小哭一下了，因爲他們已經到目的地了，而我還在後面，後來老師看到我快到了，就跑下來，我騎他跑。

到了上面，我還是很難過，但是我又有點疑惑，我想像的鐵馬驛站就這樣？我以爲會有便利商店之類的，跟我想像的完全不一樣，但因爲是大熱天，我去「壽卡鐵馬驛站」（目的地）的飲水機洗涼感巾，而且，冰水的溫度只有七度，我就覺得很涼爽，開心得叫沂芳也來用。弄完後，爸爸們和老師說要拍照，然後爸爸們就把我跟沂芳抱起來，但我們的腋下好痛，拍完照後，爸爸說：「我每天跟你們騎到一半，就要往回騎，折返回去開車喔！」（我爸開保姆車）我跟沂芳就很失望的說：「好吧」，然後我們就跟爸爸說拜拜了，我們也上路了。我們才踩一步，就開始大下坡了，是個如巨蟒般又大又長的大下坡，大概有13km，我既害怕又開心，我怕煞車失靈（眞的超快，像雲霄飛車一樣快），煞車失靈就會跌落山谷，畢竟我是最後一個，就算有芳爸在後

面，也會因爲下坡溜太快，導致芳爸落後，但我很快就因爲下坡而追上他們（沂芳跟老師）。

我們在下坡時看見山下的美景，我覺得如仙境般美麗又難得一見，我還沿路看見馬路中間有許多昆蟲被壓扁，我覺得好心疼。下完坡後，我問老師：「是不是剩下沒幾公里了？」，老師竟然回答：「還有63km喔」，我整個心靈破碎……什麼！竟然還有那麼多公里，當我們騎到十公里時，老師說我們現在才開始騎而已，讓我萬分難過。

騎到橋上時，我看見更美的景色，海的顏色由淺到深，從我們較近的到離我們台灣較遠的，因爲海裡的珊瑚顏色深且大片，再配上清澈的海，珊瑚可以看的一清二楚，還沒到民宿前的路程都會有海陪伴著我們，我越看越開心，速度也跟著加快，追上了沂芳和老師，但是，又因爲一個上坡，讓我跟他們又有一段距離，我也爲了追上他們，毫不猶豫的衝了上去。

終於，有個像樣的下坡能讓我休息，下坡完，來了一段平路，因爲平路的一半在施工，只好小心翼翼的越過車群，過了一段時間，我們到了民宿，還滿偏僻的，我們住的民宿有露天溫泉，房東是一對老夫妻，他們親切善良，熱情招待，因爲沒什麼人住，所以就讓我們選房間，老師和爸爸們一間三人房，我跟沂芳一間雙人房。選完房間後，就跟我們介紹旁邊的一家好吃的牛肉麵，我們就去吃了，吃完牛肉麵我們就去旁邊的海邊走走，拍起來眞的很美。

我在台東天氣晴，抵達台東囉

走完後我們回去洗澡，洗完澡後，一間房間一個小露天溫泉，我們先放水，放完再把水關起來，泡的時候在下雨，我們還看到閃電，泡完露天溫泉後，我們就去看電視了，看到一半時，突然打了一個很大聲的雷，雷聲停後，電視一閃一閃的，然後，突然停電了，然而，電又回來了，我們就不敢回頭的跑到爸爸和老師的房間，這個畫面眞的很像鬼片一樣，看見他們很開心的在泡溫泉，我們等他們泡完溫泉並且把衣服褲子穿好，已經要睡覺了，因爲剛才的停電，讓我跟沂芳不想回房間睡覺，所以老師睡一張單人床，爸爸們和我們睡一張雙人床。

一大早，我們六點起床去看漁民捕魚，看完後，就回去吃早餐，早餐有我小時候最喜歡吃的麥片、飲料和黑饅頭，我跟沂芳有個想法，我們各拿了一個黑饅頭，跑到電梯裡去，然後不按樓層，躲在電梯裡吃饅頭，在裡面邊吃邊聊天，吃完後就回房間換衣服了，我們在門口拍了一張照，就出發了。

## 第三天・腎上腺素

第三天，因爲第二天民宿前面那段是下坡，所以現在一開始就要騎上坡了，上坡完，還有一座小橋，過完橋後，就正式上路了，第一段就是平路，但就算是平路也花了不少力氣，因爲前二天有很多上坡和緩上坡，所以會覺得在騎緩上坡。騎了一段路，有了一個大上坡，我一開始騎那個大上坡時，我覺得沒花什麼力氣，快到頂時，才覺得累。還好上坡完是下坡，這個坡讓我稍微休息了一下，騎到十公里時，有一個海邊，那是第一個休息點，充滿著石頭，老師就讓我們下去玩十分鐘，我們就悠哉的走下去，我跟沂芳下去後，就找了二個大石頭，一人拿一顆，然後我們就坐著敲石頭，拿著很尖的石頭，一直敲，然後我們就把很多石頭敲碎了，我準備在敲下一顆石頭時，老師叫我們上去了，準備出發了。

我們當時因爲風大沒聽到老師在喊我們，直到過了二分鐘，我們才聽到老師在喊我們，我們覺得老師要生氣了，所以我們趕緊上去，上去喝完水、整裝，就出發了。出發一段時間後，我們開始上橋了，接下來的路程幾乎都是「橋」，途中，我看見了許多美麗的風景，有些是溪、有些是海，還有些是森林，十分漂亮。到六點多時，老師提醒我們要快點，不然會很晚到民宿，所以我跟沂芳立馬加快，但是我們是小孩，沒辦法比上大人的速度，我跟沂芳總覺得自己的速度太慢。

快到晚上時，我跟芳已經開始緊張了，就怕會晚上到。果然，還眞的是晚上到，我們本來很開心，卻因爲老師說很近而且在山下，我們變的很不開心，並且，我跟沂芳以爲到了，這時老師說還有十公里，我們整個傻眼，老師說完這句話，我跟沂芳心裡整個「怒火中燒」，忍無可忍，我們只好抱著這個怒火騎下去。

騎了幾分鐘，我問老師還剩幾公里，老師竟然說：「騎完這段上坡，一個小下坡……大概還有七公里」，我的心裡因爲過於生氣且只想到民宿，所以我就開始默默不說話，默默啟動腎上腺素。開始上山時，我開始腎上腺素上升，但其實我並沒有在發呆，因爲我都不說話，他們說的話我也沒理他們，所以他們以爲我在發呆，當時，沂芳告訴我，我的腳踏車上有蜘蛛網，在我變速的地方，我的心裡很害怕，但爲了到民宿，我還是忍住，不說話，突然，有一個很短的上坡，但是很陡，又因爲變速上面有蜘蛛網，我在上坡的一開始跌倒了，芳爸問我爲什麼跌倒了，我說我的變速上有蜘蛛網，芳爸就一手把蜘蛛網揮掉，我們就繼續上路了。

睡了一覺，我們繼續啟程

騎完上坡，接著開始下坡，下坡大約溜了二分鐘，就沒了，然後繼續上坡，當我們快到了，我們看到爸爸也開著車，跟隨著我們，當我看見一間小屋，已經八點多了，當時，我不顧時間，心裡開心極了！當我們到了，我站在民宿們口發呆，心裡想著：我終於到了，但是，我們還沒吃晚餐，都已經八點多了，還有什麼店會開，我們都好餓，但在騎下去看吃的，會更累，所以老師和爸爸開車下去找吃的，在他們回來之前，我跟沂芳先去洗澡，當我們洗完澡，他們也回來了，我們就去吃晚餐，晚餐是：珍珠奶茶、意麵、薯條和鹹酥雞，這些都是我們喜歡的，吃到到最後，雖然喜歡，但是吃得很膩了⋯⋯我們大家都說不吃了，因爲珍珠奶茶只剩珍珠了，薯條又辣又軟也很冷，鹹酥雞幾乎沒多少肉，都是骨頭。吃完洗完碗，爸爸和老師也洗完澡了，我們接著開始選床位，選完床位後，我們開始玩起大老二，沒多久，爸爸們和老師都說要睡覺了，因爲明天還要騎車，所以我們就去睡覺了。

隔天早上起床我們去吃早餐，早餐由房東幫我們做，全都是我小時候喜歡吃的，白稀飯加肉鬆，和一些小菜等。吃完早餐，房東說外面牆上有謎題，我們便馬上去看，題目有四行，一行一個字，合起來是一句話，我跟老師是最後一個猜到的，當我們猜對，就會有限定小吊飾，我們想了又想，最後才答出來。猜完就去整裝了，整裝完，我們就要出發了，出發前，房東還送我們可以孵的雞蛋，這讓老師想起他早上的時候有隻雞在看他上廁所，大家突然大笑了起來，這笑聲開啟了我們第四天的旅程。

## 第四天・空中之縫

第四天，我們一開始出發是小上坡，大下坡，讓我很開心，但是過了一段時間，我們開始上了橋，非常多的橋，至少十座橋以上，但是，我的悲劇發生了，沂芳跟老師又超前了，讓我很難過，雖然我也很想超越過去，但我懶得超，因爲我已經習慣了，在我心裡唱著：「過於悲哀，反正已經習慣了。（阿冗：與我無關）」。就這樣，過了很多很多的橋，後來，有一個大上坡，我們騎的地方到處都是小碎石，當我們騎上去時，芳爸的悲劇發生了，因爲我在芳爸前面，芳爸突然察覺破胎時，他叫我喊老師說：「芳爸破胎了！芳爸破胎了！」喊了兩次老師才聽見，老師聽到後，又換成叫沂芳，因爲沂芳太前面了，我覺得這個循環眞好笑，後來因爲剛好上橋才停，爸爸也因爲開車離我們有一段距離，老師也沒帶備胎和打氣筒，所以，我們最後下了一個決定，芳爸自願說要等爸爸來接。

到一段路時，再停下來換胎，芳爸換完胎後，也繼續跟著我們上路了，一陣子，我跟芳爸一樣在最後面，但是，我們看到一條溪，充滿的不是水，而是石頭，讓我跟芳爸很驚訝，又過了一段，老師說他看見草叢裡有一隻被不知名東西壓扁的烏龜。

路途再辛苦，心裡還是很快樂的我們

我跟沂芳聊了一段時間後，我們看了左手邊的山，有著前後的感覺，前面碧綠，後面綠色偏藍，看了看，山上面的雲從滿滿的烏雲，被分成了一半，中間露出光芒，就像神的手從雲層中身下來，讓爸爸們和老師停下車來瘋狂的拍照，我跟沂芳都叫它：空中之縫。

看完空中之縫，我們前往糖廠，我們到糖廠時，那裡人山人海，但我們進去第一件事是去買他們的冰淇淋，買完冰淇淋，我們看見廁所就跑進去了。上完廁所，我跟沂芳先出來了，我們到中間涼亭後，發現爸爸還沒出來，我們急忙地四處張望，看見爸爸在魚池旁邊的水柱後面，對著我們招手，爸爸也急忙趕過來了，我們在中間涼亭，吃著美味的冰淇淋，大家還沒吃完，爸爸已經吃完了，因爲他趕著騎回去開車，所以就先離開了。我們還吃著冰淇淋，吃著吃著，我們的冰淇淋已經開始融化了，我們就很緊張，當我們看見魚池裡的魚都靠過來時，我跟沂芳做了一個很愚蠢的動作，就是把融化的冰淇淋滴到魚池裡，他們竟然去吃了！我跟沂芳都很驚訝，但是過了一陣子，發現牠們吃了一口後就跑走了，但是其他魚也過來了，所以我們就一直滴，後來我們繞了一圈，發現有小烏龜，所以我們又再繞了一圈，結果，看到一隻魚正在大便，拉完大便反而還把自己的大便吃掉了，我跟沂芳吃冰淇淋吃到從嘴巴噴出來，開口大笑。

我們繼續出發，出發時，我跟沂芳騎錯方向，所以老師立馬停下來，我們也立馬轉向，騎了一段，老師說再不加快又要騎夜車了，所以我跟沂芳也跟著加快了，雖然已經加快

了，不過我們還是騎了夜車，而且是很晚很晚，芳爸已經不見人影了。這過程我騎到肚子痛，當時還有一段路時，我跟沂芳在白線內並排騎，沂芳跟我聊天時，不小心超出白線三公分，老師就開始破口大罵，就這樣，老師罵了三次，後來我們也沒超出白線了，但我們照樣聊。

剩下五公里時，我跟芳開始不說話了，因為一開口就會吃到小蟲蟲，但是當我們要到了時候，我們停在全家，因為我想上廁所，上完廁所，看見旁邊有夜市，但我們還是先回民宿了，我們回民宿看房間，因為是五個人，房東還幫我們加了一套，是鋪在地板的，老師跟爸爸睡，沂芳跟芳爸睡，而我睡地板那一套（自願的）。

放完東西，我們就先去夜市吃晚餐，我們繞了很久，終於看到滿意的了，老師他們吃全家的便當，以及沙拉，而我跟沂芳吃一包芭樂，我跟沂芳吃完後，就跟爸爸們和老師去玩夜市遊戲，我跟沂芳玩槍擊遊戲，玩完，我們各選一樣玩具獎品，回去後，我們馬上拆封，結果，都不能用，都只是裝飾品，讓我們很生氣，但洗澡時，卻讓我們開懷大笑，因為脫衣服時，沂芳先脫完先進去了，而我要丟衣服進浴室，連四次，衣服都掛在浴室上，眞是笑死了，洗完澡，就拿去洗衣機烘乾，回來曬衣服，曬完就睡了，便準備在夢中迎接下一天。

## 第五天·巨人的一步

第五天，我們為了要吃麥當勞當早餐，老師說要在半小時內騎到，所以我們騎很快，騎到了之後，我們急忙衝進麥當勞裡，等著吃大餐，結果，點餐時，店員說早上沒供應薯條和兒童餐，要等到中午才會有薯條和兒童餐，我跟沂芳都愣著，心想：蝦米！但我們來就是要吃薯條啊！所以我們就改點「歡樂楓糖鬆餅餐」。我們要回座位時，看見旁邊，高三層樓，寬六公尺的遊樂設施，我們就問爸爸們和老師可不可以玩，老師和爸爸們都同意了，我們就很開心地想著：就算不能吃薯條，也可以玩到好玩的遊樂設施，就這樣跑過去了。就在這時，大悲劇發生了，因為武漢肺炎（新冠肺炎），遊樂設施暫停了，我們的心情就像從天堂突然掉到地獄，我們就失望的、垂頭喪氣的走回位子，剛好，我們的餐點來了，我們就一起吃，但是，我們越吃越開心，因為它的鬆餅也很好吃，又再加上楓糖漿，變的很好吃，然而，我們吃完時，桌上有一些水，所以我們就看著水，越看越想喝飲料，所以最後我跟沂芳各點了一杯玉米濃湯，玉米濃湯也十分好喝。我們喝完時，杯子裡有一咪咪的玉米濃湯，我跟芳就想到一個小孩會做的怪點子，就是把一咪咪的玉米濃湯，加上桌上的水，再加上鬆餅盒裡的楓糖漿，我們就把他攪在一起，我們就覺得很好玩，玩完後老師和爸爸們都說要穿裝備了，所以我跟沂芳就停止遊戲，穿上裝備，準備出發。

我們出發時就已經在嘆氣了，因為光想到要騎車就很累，然而，老師說接下來這一段也要騎很快，比趕吃早餐還要快，我跟沂芳當時就整個傻眼了，因爲光是要趕吃早餐就已經浪費我們的很多力氣了，而且也很快了，我們竟然還要騎更快，老師也不多說，就出發了，當我們騎沒多久時，突然下起雨，我已經快不行了，而最後我能騎到火車站並趕上火車，是因爲每當我快不行時，沂芳都會在我旁邊說：「加油，就快到了」所以我才有辦法堅持下去。當我們到了火車站，拍完照，我爸爸就要折返了，回去開車，我覺得我爸爸是一個很厲害的人，我上學時，每天只要清晨是好天氣我爸就會騎去大屯山，並在上學前回來。

第一次和爸爸騎單車的回憶，眞的很珍貴

我們上了火車，沂芳一上火車就睡著了，而我怎麼睡都睡不著，因為冷氣很冷、裝備很硬、身體又是濕的，我完全不敢坐下去，但是沂芳因為太累，完全不會介意，所以她就直接睡著了，然而，我就在火車上站了半小時，過了半小時後我才坐下睡覺，我睡了半小時，就到站了，我們就要把自己的腳踏車或公路車搬下來，繼續上路，其實，接下來的路很簡單，沒上坡，幾乎都是下坡和平路，但是「賽跑時間」又來了，因為草嶺隧道的開放時間有限，所以我們就衝刺過去。

當我們抵達以後，發現大門正要關起來了，誰知，我們剛剛好遇到管理員，管理員說願意幫我們開門，當時眞的是開心極了，因為要是沒趕上，就要再多騎二十六公里。管理員帶我們去草嶺隧道，我一進去，便會感到陰森，每次進去都這樣，因為旁邊的凹洞很黑，讓我雞皮疙瘩，並且草嶺隧道裡很涼。終於，我們到了界線，在那拍照，拍完，發現燈已經從後面開始關了，我跟沂芳嚇的立馬上車，我們一路衝過去，衝到尾端休息，我們休息時碰到一個陌生的阿伯，他送我們香蕉，就走了。我們繼續上路了，過了五分鐘，我們到民宿了。我們在民宿旁看見一隻貓咪，他竟然不怕我們，因為，牠要抓鴿子，結果牠眞的抓到了，我們看鴿子很可憐，把牠救了下來，我們就去吃晚餐了，吃完晚餐，我們去旁邊海邊走走，回來後，我們輪流洗澡，洗完澡，有的在看電視、有的在玩大老二、有的在跳床，玩了半小時，就上床睡覺了，便要從美夢中展開新的一天。

我們從宜蘭到新北市了



## 第六天・凱旋歸來

第六天早上，我非常期待這天，因爲我可以回家了！而且，路程也非常的短，除了第一天，至少比其它天還要少，我們吃的早餐是民宿旁邊的早餐店，雖然不有名，但是卻十分好吃，菜單也很簡易，我們走過去早餐店，老闆已經不認識我們了，因爲之前還有騎一次比較短的，所以我們也有來這家早餐店吃過，但是，那已經是二年前的事了。芳爸點了漢堡和豆漿，我爸也是這樣點的，老師也只是在加點了蔥抓餅，我跟沂芳各點一個黑饅頭加蛋、起司蛋餅和奶茶，餐點也很快就來了，我們也吃得很開心，也聊得很開心。

吃完早餐後，就去民宿旁邊的海邊玩沙了，芳爸說他想待在民宿，老師說他先去上廁所，所以就剩我跟沂芳和我和我爸爸去海邊了，我跟沂芳在看爸爸拍日出，爸爸拍完，就叫我們過去看，我們過去看，發現淡淡的螃蟹腳印，爸爸說那是剛才被沖上來的螃蟹走的路，結果，下一波浪來時，爸爸立馬用沙把水擋住，我們看見洞裡在冒泡，原來，爸爸說是螃蟹在挖洞，爸爸立即把洞挖開，發現一隻螃蟹，爸爸把他抓起來給我們看，爸爸叫我們摸摸牠的背，我們很驚訝，竟然是軟的！爸爸說「因為牠快要脫皮了。」我們說「眞的耶，牠身上有一層薄薄的皮，不容易看見。」說完，爸爸就把牠放回去了。

和「妳」拍照是我們的榮幸

我有一種個性，就是看見動物我都會說他很可愛，除了是軟的動物，我們又挖了一個大洞，很像廁所裡小便斗的形狀，然後，我跟沂芳都沒發現這件事，爸爸就偷偷拿起手機，跟我們說：「你們先一起站進去裡面」，說完，就立馬拍下這張搞笑的照片，拍完，爸爸大喊：「沂芳和雅晴在大便！」讓我跟沂芳愣住了，啥？什麼大便？什麼廁所？我跟沂芳起來發現很像小便斗的形狀，看完，我們就一直笑一直笑，一路笑回民宿。

我們回到民宿換衣服，換完衣服，我們就出發了，出發時，老師說爲了吃冰，只能休息三次，出發不久，有太多美麗的景色讓人讚嘆不已，過了一段時間，老師問我們要不要在野柳休息，我們說要，因爲我們可以在便利商店吹一下冷氣，再去看看「女王頭」。我們去看女王頭時，竟然還有女王頭二號，因爲怕女王頭斷掉，所以有了女王頭二號，當我們快接近女王頭時，我跟沂芳開始玩起來了，我們用涼感巾當成一隻狗，因爲那裡風超級大的，大到可以把人吹倒，我們就假裝牽狗，我們的涼感巾差點被吹走，走了一會兒，終於走到女王頭了。我們在那勉強的拍照，因爲我跟芳已經快被吹倒了。

我們拍完照，就換到下一個拍照地點，就是新增的「俏皮公主」，當然，有了女王一定要有公主，我們也去俏皮公主那邊拍照，其實，俏皮公主的形狀很難看出來，我們拍完就出去了，喝一下水，就繼續上路了。我們騎了一段上坡後，又開始要上橋了，結果，還是一樣，我還是落後的那個，不過，在我傷心的時候，我突然想起這是最後一天，可以回家了，所以我立刻追上他們，和他們一起在前面，騎了不久，老師說到淡水只要八公里，我跟沂芳又傻眼了，全程？認眞？我跟沂芳超高興，這目標使我們更加認眞，期待了一段路，我們終於到冰店了，可是，我們突然發現我跟不上的原因，因爲我腳踏車破胎了，所以速度變慢了。

芳爸打給我爸爸，說我破胎了，要在這裡集合（冰店），那家冰店就是給你一個碗，料只要在碗裡不管你要裝多少料，疊多高，都隨你意，我們裝完各自的料，就拿去給服務員，服務員幫我們弄好後，我們馬上就開吃了，老師說爲了趕上進度，要在爸爸來以前要吃完，害我吃得狼吞虎嚥，結果，我都吃完了，老師才說不用，害我白費了力氣，這時，爸爸到了，我們修完我的腳踏車後，我們就出發了，快到的時候，太陽已經落下了，所以我們騎了一小段的夜車，但誰知，馬上就到了，我跟沂芳看到媽媽們的第一個反應是很累，想換衣服，我們換完衣服，就一起去吃飯了，結束了這趟充滿冒險的旅程。

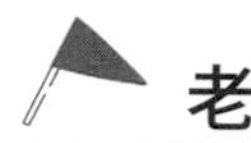

## 老師手札

腳踏車是所有孩子都很喜歡的運動，記得當初為了讓孩子們有動機可以運動，第一次帶他們從基地騎到淡水漁人碼頭來回的距離，大約7-10公里，孩子們回來之後，整個倒在沙發上睡著了，這是一年級的時候。

沒想到他們沒有被這一次的經驗打敗，多年之後，我們踏上了騎半島東部之旅，這個是跟孩子們一起的夢想，當然也在這過程當中看見孩子們很多令人驚訝的成長，從騎上坡是邊哭邊騎上去，到輕鬆地騎上去，從需要被安慰，到安慰學弟妹，這過程，我們老師看了六年，不是比誰很厲害，而是親眼目睹著孩子們的成長。

而這一次，我們帶著家長們一起跟著孩子走這一趟，家長也親眼目睹著孩子們完成這東部的腳踏車旅行，這個目睹比老師轉述更好，因為太多美景、感人的舉動、許多的畫面無法用言語或文字來傳遞，親子的回憶在這幾天的腳踏車過程中，深深烙印在記憶深處，會不由自主的，到現在都仍在回味。

是什麼原因讓我們能夠不斷地繼續這樣騎下去？一個是老師自己的堅持，一個是家長的支持，另一個是孩子的成長，讓我們可以在這一趟旅行中，有很多很強的感受力！我們的關係有如革命情感般，一起度過重重難關，成了最棒的身體力行的教育。

# 20. 我要出書了

雅晴

剛開始我和沂芳覺得出書是一件十分容易的事。我們開始寫第一篇文章時，我們覺得很有趣，因爲我們會回想以前那些美好的記憶，並抓重點，在用白話文寫出來。但是當我們愈寫愈多篇的時候，我們也默默的從五年級升到六年級，我們的作業逐漸增多，可以寫作業的時間也越來越少，時間變得越來越緊湊，本來在共學擁有的自由時間現在都消失了。慢慢的，我們覺得愈來愈累，連聽到要出書都怕得要命，因爲我們想要自由時間，不想要每天都很累一直在趕稿。

我們在出書的過程，每天寫完作業就只能盯著電腦趕稿再趕稿，而且寫完全部的文章後，要自己再修稿一次，老師還要再修稿確認，修稿完還要找圖片，眞是累死人了。但是也因爲有去學校上課，我絞盡腦汁的把學校教的形容詞、成語、修辭等，都寫進文章裡，讓我和沂芳的文章可以更加的生動。

我和沂芳用電腦打字有一個優勢，就是我曾經拿過學校電腦打字比賽的前三名，我記得應該拿過兩三次，而沂芳也參加過她們學校的作文比賽，她的作文曾經公布在班上的布告欄上，但是我的國語不是很好，芳的打字速度也不是很快，因爲這樣我們互相補足和幫忙，我們各用自己的電腦，我不會寫的她會告訴我，然後我在照打下來，她打字速度比較慢，所以有時候我會先完成作業和文章進度，然後由她來唸她要寫的文章內容，我幫她打。因爲出書的計畫，我們每天都會晚一點回家，看著中低年級都在玩，我和芳都十分的羨慕；我們寫文章從五年級寫到六年級，六年級我們終於接近尾聲了，我們寫完了所有的文章，修完了所有的文章。

六年級上學期，我們受「明緯基金會」的邀請在敬老餐會上表演聖誕舞蹈的開場，我們中高年級花了四個月練習舞蹈，也就是說我們除了很多的作業要寫之外，那時也有出書的照片和修稿同時進行，還要再花時間練舞，因爲是一首長達十分鐘的聖誕舞曲，我們眞的是被榨乾了！我們每天在基地的時間很短，但我們總是能做很多事情（累）。登台表演那天我們跳舞跳得很賣力，跳完還要和大家發糖果。回到座位，我們軟趴趴的坐在椅子上看其他表演，心想：「終於完美的結束了，之後不用再練舞了。」能吃飯好好休息一下了。

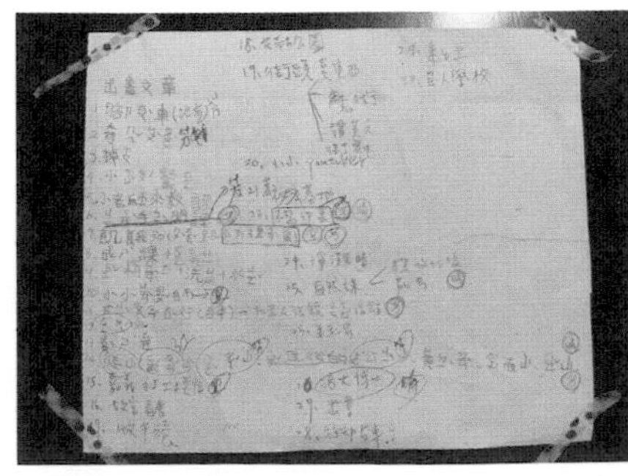
出書內容的主題整理

看書尋找我們想要的的風格和排版

確認一些出版的細節，出書眞的很複雜啊

吃飽後，我們就出發去「白象文化出版社」準備討論我們高年級出書的事，而中年級也順便去了解出繪本的內容，在那裡翻了好幾本書，我們必須決定：哪一種封面材質比較好？哪一種內頁材質比較好？哪一種封面設計比較好？老師和工作人員討論很多事情，要出幾本書？大概會多少錢？要印黑白還是彩色、還是要黑白彩色交叉？因爲都會影響最後要花多少錢，老師也反覆跟我們討論和確認我們想要什麼，討論了很久，終於決定了封面和內頁的紙張材質，但紙的名字眞的很多種，我記不得，總之最後終於把一切都搞定，要等出版社把報價單給老師。

過了沒幾天，我們就收到了估價單，大約是二十萬多，我和芳覺得怎麼會那麼貴，而且我和芳沒辦法在短時間內籌

這麼多錢，所以爸爸媽媽會先幫我們付出書的錢，我和芳在慢慢的把錢還給爸媽，至於怎麼還，我們想到了幾個辦法：我們可以賣烘培的點心、做手作和賣水餃，但二十萬眞的是一筆很大的錢，好險爸媽願意先贊助我們，不然我們就沒辦法出書了。

過了沒幾天，我們要開始設計封面及書背，可以讓出版社參考，這樣設計費用又可以降低幾千元，眞的是太棒了！我們想了又想，終於設計出我們最滿意的封面及背面，雖然草稿看起來還不錯，但是用電腦做出來卻是有難度的。我們要先找照片，然後看適不適合，再用免費去背軟體把它的背景或多餘的去掉，找圖片花的時間還好，但是我找的圖片使用去背軟體是件難事，因爲有些圖片太精細，導致去背過程很艱難，所以老師就找了另一張比較好去背的圖片。芳也把她的草稿畫的十分精緻，畫的跟眞的簡直可以說是一模一樣，令人難以置信。在這些出書過程中，我最喜歡的一部分就是設計封面，因爲我最喜歡做美術類的事。

從開始預備出書到現在把封面的草稿做出來，這其中花了好多的時間，付出很多代價，犧牲很多的自由時間，我覺得出書是件不容易的事，因爲其中的步驟非常多且非常複雜，這讓我有很多次想放棄的念頭，但是在老師及芳的鼓勵下，我繼續堅持下去，把這本書完成了，出書的的過程讓我了解到：表面看似很簡單的事情，其中其實有很多困難，我學到了自己承諾的事要能堅持下去完成它，不能中途放棄，不然這樣可能就失去人生中難得的經驗。

設計封面和封底，晴負責封面，芳負責封底

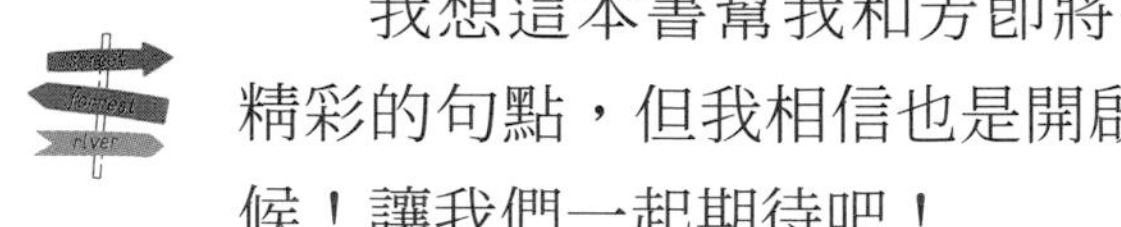

我想這本書幫我和芳即將從國小和麥子的畢業劃下最精彩的句點，但我相信也是開啟我們國中生活全新篇章的時候！讓我們一起期待吧！

## 老師手札

在一次的機會下和二個女生聊天，聊到了要不要把你們這六年在共學的生活寫成一本書呢，我們來體驗看看，孩子們覺得滿有趣的，於是我們開始了這個出書的計畫，老師開始搜尋相關的資訊，包含能夠協助我們獨立出版的出版社，包含一篇文章大概要多少字數，她們開始回想和記錄下自己要寫下的文章主題，然後兩位高年級開始分配誰負責寫哪一篇，在回想和寫文章的過程她們一邊驚嘆「哇！原來我在共學這六年做了那麼多事情」，老師也驚嘆「一轉眼你們就高年級了耶！也陪著你們完成了那麼多事情」，其實最深的感動是她們在這六年的成長與蛻變。

分配完文章之後，我們擬定了進度表，起碼一週要有1～2篇文章產出，剛開始她們都覺得很新鮮，但如同她們所說的，伴隨升到高年級作業量變多，她們每天的時間都很壓縮，但寫文章又很需要回顧和沉澱，她們一週一週寫文章，愈寫愈萎靡，每次當她們想著來找我：「老師我們今天活動要做什麼？」有一段時間我的回答都是「出書啊！寫文章啊！」她們的嘴角上揚的臉當場垮下來，有氣無力地走回教室，這過程中，她們也常常鬧脾氣，「我不想寫了」、「又是寫文章」、「老師我可以自由時間嗎？」、「老師我寫到腦袋要爆炸了」或是沉默不語和哭泣，但是我們眞的沒有那麼多時間，因爲她們不想要犧牲週三能夠外出活動的時間，所以她們週間的時間除了作業就是寫文章；我有時拒絕她們都心有不忍，有時眞的放水讓她們去自由時間，或是點心升級來好好慰勞她們的心情，她們眞的付出很多代價，每個禮拜五都是她們快馬加鞭趕出文章的時間，那天沒寫完，就要帶回家繼續完成，不然下週又有新的進度，又要累積上去。這些路程我們陪她們一起經歷，我們也只能協助她們，每當她們疲憊的時候，再次帶領她們回顧當初決定出書的初心和熱情，這兩個孩子眞的很強大，每次對話完、撞牆期完，她們會彼此安慰和鼓勵，繼續再戰，她們告訴我：「老師我們還是要出書，我們不會放棄，不然前面的努力和犧牲都白費了！」爲師的心中很是感動，我也再次被她們的堅定給激勵。

你說共學是什麼？就是陪著她們完成她們想要完成的，就是在她們失去信心的時候陪她們走、安慰、鼓勵和接納她們，甚至有時也需要允許她們放棄，給她們彈性，而這些也是我們老師需要學習的課題，在和她們一起共學裡，常常因她們生命的韌性和成長反而回過頭激勵了我們啊！

於是她們一點一滴的完成了文章，那一刻她們大聲歡呼～「耶～終於寫完了！」當下的氣氛無法用文字形容，但那一刻的笑容和激動，我知道她們爲自己的這一戰充滿著「成、就、感」。

PART4
爸媽心裡話
street
forrest
river

# 令人稱羨的童年

芳爸

我在鄉下長大，小時候跟著哥哥與鄰居到處去玩，常常玩到晚餐時間媽媽來找人才回家，捏泥巴球、釣青蛙、抓金龜子這些回憶到現在我都還記得。

隨著時代變遷，少子化加上居住環境以公寓大樓居多，現代的小孩除了沒玩伴，也不像以前的孩子們左鄰右舍一吆喝就能在門前、在巷內玩起抓迷藏或木頭人。

童年的記憶讓我對於強調自然環境、接近山林的特色小學很有興趣，我幻想著芳能在這樣的環境中求學長大，也曾認眞考慮過就讀的可行性，然而現實總是殘酷的，除非舉家搬遷才有可能讀這樣的學校！

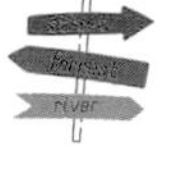

雖然無法讀特色小學，我還是希望芳能有個快樂的童年，我希望重塑我小時候有玩伴的環境給芳，讓她在玩中學！偶然知道有「共學」這樣的模式之後，我們找到志同道合的家庭與老師，開始了芳小學六年精采的課後共學生活！

六年之中芳參加了很多很棒的活動，如書中提到的行動餐車掃街販售、開餐廳、自行規劃旅行、飢餓三十、自行車環半島、關懷街友……等等，透過這些活動芳有了多方面的探索與練習，掃街販售需要勇氣向陌生人開口；自行規劃旅行需要花時間上網找資料後向家長報告；自行車環半島需要毅力與體力；關懷街友需要同理心。小孩的這些嘗試與練習我是由衷敬佩的，我記得我小學階段不敢自行搭公車只因怕開口問人，而她們可以掃街向陌生人銷售自製點心。小孩也曾經練舞一段時間後，就勇敢地到捷運站廣場跳舞募款，當時她們才三年級，這需要多大的勇氣！規劃旅行是我上大學後才做的事，而她們有機會在小學就當小小背包客，在老師隨行、安全的條件下勇敢嘗試！飢餓三十是我有點得意的建議，小孩挑食的行爲讓我覺得該讓她們體驗一下飢餓的感覺，之後再次遇到挑食的情況我還開玩笑地問小孩是否要進階體驗飢餓四十！而自行車環半島更是可以讓我說嘴一輩子的回憶，環半島前兩個小孩晴跟芳已經有淡水騎至蘇澳的經驗，五年級暑假老師加兩個小孩外帶兩個爸爸，我們一起從屏東騎到淡水！

除了有看得見的活動能實際體驗之外，共學也提供一個環境給孩子練習看不見的內在能力。低年級時芳跟晴常吵架，那一段時間我常跟芳討論該怎麼應對處理，而隨著兩人升上中高年級與低年級的新生加入，情況有了改變，兩人逐漸從冤家變回好朋友，六年磨合的過程讓她學習到溝通及與人相處的經驗。

有段時間芳心情低落，對於學校好朋友的優秀表現無法給予眞心讚美，只能表面上虛應了事，她說厭惡這樣的自己。共學老師平日的教導讓芳能覺察自己的情緒，清楚說出內心的感受，這相當不容易，很多大人不見得能做到。

在淡水隊裡面老師、家長、小孩之間彼此熟識，親子之間有共同友人、共同話題。有一回在基地談到霸凌議題，老師帶著小孩一起團體討論，回家之後親子之間的話題可以繼續，芳問我如果被霸凌的人不願意改進自己的缺點，導致大家不願意跟他共事合作，這樣是否算是霸凌？共學的人事物給了芳思辨的訓練。

這裡就像武俠小說中的少林寺，麥子教育的老師就像師傅帶著一群小徒弟一起生活，生活中處處充滿學問，遇到問題師傅會適時引導徒弟，這裡除了打坐、蹲馬步練基本功，也可以進階修練內功。

我們很幸運遇到小強與Oreo老師，從一開始只有三個小一到現在小孩即將畢業，這六年我們共同經歷許多事情，最困難的時刻已過，麥子教育開始發芽成長，沒有老師的付出就不會有書中精采的活動，沒有老師的引導這兩個小孩不會比同年齡同學獨立成熟，感謝兩位老師的帶領讓芳與晴有一個不一樣的童年！感謝一路上曾經幫助過我們的人以及共學的夥伴們和家長，特別是晴家～

# 讓孩子自由飛翔

晴媽

「原來，快樂是樂見他人的快樂！而幸福是你很愛這個快樂的人！」這就是共學下的孩子給我的深刻印象～

感謝芳家當初邀請我們來加入這個計畫。沂芳跟雅晴是從幼稚園時期就讀同一所「馬偕護校附設幼兒園」，這所幼稚園讓孩子們在很有愛的環境快樂的成長，甚至每年都期待要回幼稚園參加「馬偕回娘家」，就可以想像她們有多快樂多懷念了！幼稚園畢業後就讓我陷入焦慮～因爲很擔心她們上了小學、進了課後安親班，便不再那麼快樂，幸好我們對教育的共同理念，讓我們決定開始用這樣共學的課後安親，延續她們快樂的小學生涯！

相信每位父母都希望孩子健康快樂長大，但往往又受原生家庭的影響至深，無意間也承襲了父母對我們的教育方式，我的原生家庭有非常愛我的父母，爸爸從小只負責愛我們、疼我們，媽媽從小就告訴我：「教育是百年大計，接受教育、好好念書，妳將來才可以改變你自己的命運。」因此，從芭蕾、鋼琴、畫畫、珠算，任何才藝都不放過～甚至我跟哥哥從小就請了家教，別誤會，我們家只是一般小康家庭，父母卻爲了想讓我們好好念書、出人頭地，付出了她們大部分的收入，讓我從小就曾懷疑自己，到底命是有多不好？爲什麼要這樣的方式才能改變命運，殊不知，我是太好命了！多少父母願意這樣栽培小孩呢？但慢慢長大的記憶，都只有不斷的被安排、被要求，因爲差一分打一下，這樣有用嗎？或許在媽媽眼裡，非常有用！因爲，我國小就拿市長獎第一名畢業。但眞正體會到讀書是爲自己而念，一種發自內心的學習跟快樂，竟然是發生在大學時期～這種美好，到現在我都還會拿來跟孩子分享跟回憶！

於是，晴爸在孩子幼稚園畢業時，就告訴我：「我就不相信你有辦法耐住性子，不送她們補習、不要求她們成績、只讓她們快樂長大！」偏偏，我們做到了！雅晴從幼稚園到國小六年級，沒有上過任何才藝、沒有上過任何補習班，我們也從來不用成績來看她們，因爲，我選擇了「課後共學」，顧名思義就是低師生比、混齡一起學習、從活動中去做任何的學習。

印象最深刻的是，小學一年級前十週會教注音符號，我們孩子也就沒補過正音班之類的補習班，但是老師卻用注音符號讓她們認識任何生活上的日用品跟周遭環境，爲了讓她們學習做自己的點心，甚至願意去開口接觸人群，糖幾克、麵粉幾克等，全部用注音符號讓她們習慣記憶，就這樣孩子自然而然學成了注音符號，這個起點讓我開始對共學有更大的信心！

我曾經在書上看到一段話：「孩子在小學三年級前都是大量用他們感官探索這個世界的最佳時機，任何的學習都對他們有意義，如果孩子很小就對學習甚至探索失去興趣，會影響他們以後的學習力。」所以讓孩子願意保持學習的興趣跟快樂，大概就是父母跟老師能協助的吧！很感謝小強老師的開創與熱愛探索，總是帶著孩子們玩出學習的樂趣，而Oreo老師的溫暖與關懷，願意跟孩子細心溝通，也常常是一股無形的力量成爲孩子的後盾，就這樣神鵰俠侶的組合，讓這個共學玩出任何可能性、玩出任何不一樣，爲什麼我一直強調是玩呢？因爲，玩，才能讓孩子保持學習興趣，回想我們自己小時候～說到可以出去玩，大概30分鐘可以寫完功課，說到要考試看書，大概看了三個小時，還是覺得跟書彼此不認識，對吧！

老師們對課後安排的任何活動，我們都給予支持！家長的信任跟放手是可以成爲老師們很大的後盾，因爲家長放心、老師有信心、孩子也開心，這就是一個很全面的三角關係。畢竟結合學校教育、安親教育、家庭教育才是孩子們人格完整養成的基石。孩子們從小一就養成了什麼是學生的責任跟義務，要先完成學校功課，才能開始進行活動，也就這樣培養了孩子們的獨立與責任心。

從低年級自己做餅乾、奶酪到淡水老街，甚至是各店家做販售，說著一口不是很流利的介紹詞，到她們回來家裡跟我分享：「媽咪，有些人我還沒開口，他們就說，我不用、我不用，但有個叔叔很好，問我們剩下幾個他都買了。」她們開始嘗試到被拒絕跟被接受，那時我打從心裡佩服這些孩子們，因爲她們從小開始體會不是身爲孩子，就該理所當然被接受。甚至帶著有點害羞、卻又跳得很開心的心情，到老街做街頭表演，還自己做樂捐箱，開心地回來跟我們分享：「眞的有人樂捐錢給我們ㄟ！」孩子的每一種嘗試，家長是既支持又忐忑，好像隨時準備要心理輔導的感覺，但這一切眞的是我們大人多慮了～晴跟芳從低年級開始吵吵鬧鬧，甚至爲了誰是誰好朋友計較比較，到透過每一次的陪伴活動、出遊、甚至完成騎單車環島的旅行，到六年級成爲彼此的好友，說著彼此想要交換的心事。原來，這就是孩子友情發展到建立的過程。甚至還好到一起出書。

還記得那天我拿到初稿，我找了一家咖啡廳，要開箱這些文章，我竟然看到熱淚盈眶、內心激動！我心想：「這是晴寫的嗎？」、「這是芳寫的嗎？」、「這是兩個小六的女生寫的嗎？」我被內容吸引感動，彷彿跟著她們進入每一次的旅行～我問自己：「這是我家寶貝嗎？」原來她的內心這麼感性、純眞，甚至堅強。這六年課後用共學方式的孩子，竟然可以有這麼樂觀健康的心靈，我眞的很感恩、也很雀躍！出書，是她們的一個夢想，身爲父母當然會義無反顧的支持，但也要她們去參與出書的一切過程，從寫書、洽談出版社、募資、發表等等，重要的是能把她們快樂的能量分享出去，讓更多人知道，「課後共學眞的讓他們不一樣了！」

國家圖書館出版品預行編目資料

課後：共學讓我不一樣／江雅晴、呂沂芳著. --
初版.--臺中市：白象文化事業有限公司，2022.6
面； 公分
ISBN 978-626-7105-85-6（平裝）

863.55 111005203

# 課後：共學讓我不一樣

作　　者　江雅晴、呂沂芳
手札作者　于國強、徐郁琪
發 行 人　張輝潭
出版發行　白象文化事業有限公司
412台中市大里區科技路1號8樓之2（台中軟體園區）
出版專線：（04）2496-5995　傳真：（04）2496-9901
401台中市東區和平街228巷44號（經銷部）
購書專線：（04）2220-8589　傳真：（04）2220-8505
專案主編　林榮威
出版編印　林榮威、陳逸儒、黃麗穎、水邊、陳媁婷、李婕
設計創意　張禮南、何佳諠
經紀企劃　張輝潭、徐錦淳、廖書湘
經銷推廣　李莉吟、莊博亞、劉育姍、林政泓
行銷宣傳　黃姿虹、沈若瑜
營運管理　林金郎、曾千熏
印　　刷　基盛印刷工場
初版一刷　2022年6月
定　　價　380元

缺頁或破損請寄回更換
本書內容不代表出版單位立場，版權歸作者所有，內容權責由作者自負

白象文化 印書小舖 PressStore 出版經紀 出版・經銷・宣傳・設計
www.ElephantWhite.com.tw 自費出版的領導者 購書 白象文化生活館